WELCOME TO ROSWELL

YMIR EL KAULANIANO

WELCOME TO ROSWELL

YMIR EL KAULANIANO

HUGO VIVAR

Welcome to Roswell
Primera edición: enero, 2023

© 2023, Hugo Vivar
El autor se ha reservado todos los derechos.

Portada: © 2023, Stefan Keller
Maquetación: © 2023, Jhon Simancas

La publicación y distribución de esta obra corresponde al autor.
Contacte a los titulares del *copyright*.

ISBN: 979-8-218-14191-2

Impreso bajo demanda *Printed on demand*

¡Gracias por adquirir este libro!

Dedicado a Aurora.

AGRADECIMIENTOS

Tendría que empezar agradeciendo a Dios y a mi maravillosa esposa, Aurora. Desde leer los primeros borradores hasta darme consejos sobre la portada y ayudarme en la corrección hasta altas horas de la madrugada, ella fue tan importante como yo para terminar mi primera novela. Muchas gracias amor.

A mis padres Hernán y Lucía por haberme dado la vidae inculcarme siempre las buenas costumbres, y el amor por la vida.

A mis tías Ema e Hilda por darme desde muy temprano buenos y sabios consejos, a las que siempre vi como si fueran mi propia Madre.

A Flor Huelitl por acogerme en su familia como si fuera uno más.

A mis Hijos Judith y Leandro por comprender y aceptar siempre mi condición de no estar por años junto a ellos y siempre enterarse de mis proyectos.

A mis cuñados y sobrino a los cuales considero parte importante de mi familia.

A mis hermanos Ricardo, Gilda y Germán que a pesar de la distancia los llevo siempre en mi corazón.

A Irving Bautista y Carlos Rivera mis correctores de estilo los cuales me acompañaron con su experiencia y talento en tiempos de pandemia.

A mis amigos Alfonso Rodríguez, Álvaro Delgadillo y Manuel Román por mostrarme que en la vida también existen buenos amigos.

Y a mi México que desde hacen 25 años me cobija, como si fuera uno más, permitiéndome el desarrollo tanto en lo profesional, como en lo espiritual.

ÍNDICE

—

INTRODUCCIÓN

En el verano de 1947, se anuncia en los periódicos de la época, el comunicado extendido a través del ejército de los Estados Unidos, en el que se habla del supuesto aseguramiento de un platillo volador, todo esto ubicado en las inmediaciones de un rancho cerca del poblado de Roswell. El militar encargado de la base de la fuerza aérea en Roswell, Walter Haut, compartió una nota con los periódicos locales, en el que se informaba que el escuadrón de operaciones 509, tenía en su poder un "OVNI", el cual se había siniestrado en un rancho cerca de Roswell.

Después de la publicación, del 8 de julio, y con la llegada a la zona del General Ramey, un alto mando militar, la información se transformaría, justificando tales eventos con el desplome de un globo meteorológico tipo Mogul, proyecto con el que el pentágono planeaba espiar a la Unión Soviética. Más tarde, después de un comunicado militar se comprobaría dicha versión.

Lo cuestionable, es que según los experimentos con globos Mogul, no iniciaron hasta 1953, y no como el comunicado oficial decía, en 1947. Para esconder esta contradicción, Ramey y su equipo de altos mandos, dieron a conocer que "las personas no recordaban las fechas con exactitud". Este comunicado a pesar de poder ser viable, no podía negar que la noticia se imprimió en una cantidad enorme de periódicos de Estados Unidos, en 1947.

Esta controversia respecto al **Incidente de la nave en Roswell**, provocó mas tarde el incremento en torno a las teorías de lo que parecía ser una conspiración del suceso.

En Welcome to Roswell, el escritor Hugo Vivar, en la primera parte comienza narrando la misma historia oficial, quizás con un toque novelista, haciendo mofa y poniendo de ejemplo una invasión de seres verdes con enormes tentáculos, como si fuera narrada por una emisora en una radionovela de la época, pero esta vez contada por el mismo protagonista, Ymir, uno de los tripulantes de aspecto nórdico, proveniente de Kaula, un mundo ubicado en la Constelación de Orión, el cual se encuentra en una pequeña estrella llamada Alnitak.

En esta versión del suceso registrado el 2 de julio de 1947, el protagonista Ymir, inicia contando una enigmática historia como jamás fue contada del incidente, en la que él y su familia, se encontraban en su planeta de origen en el año kaulaniano 65,342. Ymir es un reconocido científico, perteneciente a las milicias kaulanianas, quien roba una de las naves militares de caza tipo Koriri, para viajar junto a Mahuru y sus dos hijos, al hermoso planeta llamado, Mundo Paraíso, una promesa hecha a su amada Mahuru, debido a su aniversario de bodas.

Ya de regreso a Kaula, a medio camino y después de una explosión de una súper nova, la nave y sus tripulantes son arrastrados por la onda expansiva de esta, hacia el otro costado de la constelación, en dirección a un cuadrante repleto de galaxias, con un sin número de planetas primitivos clase "M", viéndose forzados a decidir aterrizar en un planeta azul inundado de agua, al que irónicamente sus habitantes llamaban Tierra. Todo esto, sucede sin darse cuenta de un polizonte que los acompañaba y vigilaba sigilosamente, quien también termina estrellándose en aquel planeta.

Después del accidente y comprobar los daños que ha sufrido la nave, son obligados a salir de ella por unos seres de aspecto primitivo, con artefactos que parecían armas; fue entonces, cuando conocieron a uno de ellos de nombre, Jesse Marcel, quien diferente al resto, velará por su integridad durante los años de estancia, en los que se ven forzados a permanecer bajo el yugo de un estricto General Ramey, en uno de los búnker del subsuelo, de la base de nombre clave, Área 51, ubicado en el estado de Nevada, Estados Unidos.

Al rededor de esta controversial historia, llena de inesperados sucesos, los 5 mal llamados alienígenas, a parte de ser acusados de querer invadir su mundo y obligados a revelar su tecnología para ser usada en un futuro con fines comerciales y militares, así como de enfrentarse a los continuos desaires de Anderson, el jefe de seguridad de la base, son finalmente enjuiciados para determinar su futuro, que a causa de una inesperada llamada de auxilio hacia su planeta natal, los pone en peligro de muerte a ellos mismos y a sus captores.

CAPÍTULO 1
YMIR EL KAULANIANO

"En la inmensidad de la noche, en las inmediaciones de un rancho a las afueras del pequeño pueblo llamado Roswell, en Nuevo México, irrumpió abruptamente una pequeña luz en el cielo, divisando la oscuridad desde el oeste a toda velocidad, un gran objeto metálico que había cruzado por encima de los llanos, dejando a su paso una enorme estela de fuego y humo, provocando con su impacto al tocar tierra y arrastrarse a toda velocidad, un estruendoso sonido, destrozando a su paso árboles, piedras y arbustos. Por fin se detuvo cuando su nariz chocó con una pequeña loma, después de unos minutos, se escuchó un sonido que salía del costado superior de este, en ese instante comenzó abrirse lo que parecía ser una enorme puerta de acero, fue ahí cuando apareció una intensa luz verde incandescente, de la cual emergieron cinco seres verdes con lo que parecían ser enormes antenas como tentáculos, apuntándonos con lo que a la vista eran armas radioactivas, listas para disparar y destruir todo lo que se encontraran enfrente, desde las personas que ahí estábamos, hasta los tanques que el ejército había apostado en el lugar, en un momento los invasores empezaron a disparar sus poderosas armas... nosotros comenzamos a correr entre gritos, desesperación y llanto, cuando en medio de una lluvia de disparos uno de los seres recibió un impacto...".

Así relataban en los radio-teatros de las principales emisoras de ese mundo, en la época de 1947, cuando lamentablemente mi familia y yo impactamos con nuestra nave en ese pequeño mundo azul insignificante, que curiosamente sus habitantes llamaban Tierra. Sí, Tierra, ¡irónico nombre para un planeta en el que predomina el agua!, de hecho, uno pensaría que debería llamarse planeta agua o algo así...

Ah, me presento... soy Ymir y no, no soy de este mundo, soy a lo que ustedes llaman extraterrestre o visitante, vengo del planeta Kaula. Por cierto, no usamos armas radioactivas, bueno armas sí usamos, pero no tan primitivas; tampoco somos verdes, ni tenemos antenas o tentáculos, en fin, nuestra fisonomía es muy parecida a la de ustedes, pero pálidos, como si fuéramos nórdicos.

Les voy a contar lo que verdaderamente pasó, todo comenzó dos semanas terrestres antes, yo estaba en Kaula mi mundo de origen, el cual se encuentra dentro de lo que ustedes los del planeta azul llaman Constelación de Orión, dentro de esa constelación hay una pequeña estrella llamada Alnitak, y en el centro de ella existe un sistema planetario similar al suyo, bueno un poco parecido, es ahí donde se encuentra Kaula, mi hermoso planeta.

Kaula es quizás un poco más cálido que su mundo, porque se encuentra más cerca de nuestro sol, para que tengan una idea, es más o menos como si ustedes estuvieran, dentro de su sistema solar, en el lugar del mundo al cual llaman Venus.

En ese entonces, me encontraba con mi compañero y gran amigo Fautabe, trabajando en el laboratorio experimental, en un edificio blanco monumental, realmente gigantesco, perteneciente a la academia de ciencias de las milicias kaulanianas y que es administrado en un 80 % por el consejo del gobierno mundial, y el resto por grandes académicos kaulanianos muy destacados.

Mientras trabajábamos en el nuevo sistema de propulsión NGWA, que en las siglas en el idioma kaulaniano significa Sistema de Impulso de Tele transportación de Partículas Magnéticas del Universo, recibí una llamada por mi SkinPhone... les explico, este sistema de comunicación del que les hablo, es algo así como el equivalente a un teléfono celular que en la actualidad usan en su mundo, lo llevamos todos los kaulanianos desde que nacemos, en realidad no nacemos con él, pero una compañía de comunicaciones comercializa este sistema con nuestros padres cuando nacemos, y obvio, el contrato no es por un año como las compañías de su mundo, sino para toda nuestra vida, el sistema de comunicación está integrado debajo de nuestra piel en la muñeca izquierda, y este nos permite comunicarnos a grandes distancias sin la necesidad de tener que recargar sus baterías, ya que no las usa, porque se alimenta de la energía de nuestros cuerpos. Pero volviendo a la llamada, se trataba de mi hija Ulani:

—Hola, padre, ¿me escuchas?

—Sí hija, dime.

—Solo para recordarte que, en dos amaneceres, es tu aniversario con madre.

—¿Mi aniversario?

—Sí, ¡tu cumpleaños de boda!

—Sí, sí, claro, no te preocupes, ya lo tengo todo planeado.

Mientras tanto, Fautabe sellaba una conexión del impulsor con una de sus herramientas y sonreía al escuchar a su viejo amigo, hablar con su hija.

—Te acabo de enviar imágenes del mundo que quiere conocer madre —continuó hablando, Ulani.

Antes de cortar la llamada, mi hija me recordó que ese viaje, sería la última vez que saldríamos todos en familia, ya que ella ingresaría a la academia militar, porque en unos amaneceres más, ella cumpliría sus quince años terrestres, que representan la edad del gran saber para los jóvenes kaulanianos. Para su madre era muy importante ese viaje, pues estaba consciente de que sería el último, donde los cuatro miembros de mi familia, disfrutaríamos juntos.

Fautabe, bromeando y un poco burlón me dijo:

—Amigo, creo que estás en problemas, esta vez no puedes quedarle mal a tu esposa Mahuru… —Fautabe le tomó el brazo a Ymir y presionó en el centro de la muñeca de su amigo, por lo cual, su SkinPhone se activó y aparecieron las imágenes del mundo donde Mahuru quería que la llevara de vacaciones.

—¡Wow, qué hermosas playas… mira esos océanos, amigo!, creo que el lugar es hermoso… es más, si quieres, ahora mismo vamos por los pases para tu viaje.

—Pero no ando con mis créditos en este momento.

—¡No te preocupes! somos como hermanos, utiliza los míos y después me los repones.

En ese momento, una de las puertas mecánicas se abrió, y fuimos interrumpidos por un alférez:

—Saludos, busco al oficial Ymir y al tercer oficial Fautabe.

—Sí, somos nosotros —respondieron ambos.

—Se requiere su presencia de inmediato, en el edificio del cuartel del general Iorangi.

—Un momento, voy a avisarle al comandante Atiú… —respondió Ymir.

—Señor, el comandante Atiú es quien me envió por ustedes.

En ese instante, dejamos de trabajar en el impulsor NGWA, y sin saber el porqué, nos requerían con tanta urgencia a mi compañero Fautabe y a mí, nos trasladamos de inmediato al cuartel del general Iorangi.

Cuando llegamos al lugar, nos tomó por sorpresa que la mayoría de los oficiales nos saludaran de una manera muy déspota, como si hubiéramos hecho algo malo. Enseguida, uno de los guardias nos pidió tomar asiento en un lugar enorme que parecía ser una recepción, con una sala monumental, de color plata con blanco, en el centro caían desde lo alto del techo unas enredaderas de color violeta de gigantes hojas que adornaban toda la recepción.

De pronto, notamos que se acercaba a recibirnos, la atractiva ayudante del general Iorangi, quien dejaba ver su belleza y elegancia a cada paso que daba mientras se dirigía a nosotros:

—Amigo, ¿estás pensando lo mismo que yo? —dijo Fautabe.

—Sí, creo que nos trajeron por el dispositivo…

—¡No! no hablo de eso, creo que ya tengo la edad para multiplicarme… ¿crees que será malo preguntarle por su nombre?

— ¡Shhh!, silencio, que te va a escuchar.

Fautabe estaba completamente cautivado y no dejaba de ver cada uno de los movimientos de la hermosa y atractiva ayudante hasta que ella llegó frente a nosotros y nos habló:

—Bienvenidos oficiales, el general Iorangi y el primer comandante Atiú, los están esperando en la segunda sala del consejo.

—¿Consejo? —ambos preguntaron—, ¿por qué en el consejo?

La ayudante del general no nos dio más explicaciones y solo nos volvió a repetir:

—El general los está esperando.

—Por acá por favor— ordenó un guardia que apareció detrás de ellos.

Caminamos por un largo pasillo de color violeta, cuando

de pronto, comenzaron abrirse de par en par, dos puertas blancas mecánicas, y entramos a la segunda sala del consejo, nos sorprendimos cuando frente a nosotros vimos al que hasta ese momento era nuestro jefe y amigo, el comandante Atiú, detrás de él había una plataforma más alta, donde estaba el general Iorangi junto a diez altos jerarcas que conformaban el consejo del gobierno mundial, ellos se encontraban sentados frente a un largo mueble que tenía una cubierta de una extraña piedra negra y que abarcaba de lado a lado el fondo de la sala.

Nosotros comenzamos a sudar y a tartamudear:

—Sa... saludos comandante Atiú —dijo Ymir— nos ordenaron presentarnos con usted, ¿gusta hablar acá o quiere que lo esperemos cuando termine su reunión con el general Iorangi?

El general en una actitud desafiante se dirigió a nosotros:

—¡¿Cómo?!, ustedes no se pueden ir. Tomen asiento y escuchen al primer comandante Atiú, quien los está acusando de estar trabajando en un proyecto que no tiene futuro, según él, que ni siquiera se deberían estar gastando los excesivos créditos que está conllevando ese experimento...

Atiú se levantó y comenzó a dirigirse hacia el consejo de forma autoritaria:

—Señores del consejo, mi estimado general Iorangi, expongo ante ustedes a estos dos pseudocientíficos, quienes, con la ayuda de ciertas influencias en las grandes élites militares, nos han mentido con una teoría para pasar al hiperespacio, según ellos, en microsegundos... dicha teoría no ha sido probada con éxito en ninguna de las civilizaciones de los mundos conocidos. La nueva teoría NGWA, como ellos la llaman, ¡no sirve!, además, Ymir no tiene pruebas suficientes para respaldar dicha teoría. Instalar ese nuevo sistema en las naves militares kaulanianas sería un completo error. Yo propongo señores del consejo, que se deseche inmediatamente todo lo relacionado a la teoría NGWA y sigamos con la teoría que yo, he venido desarrollando hace ya más de 900 amaneceres…

En ese momento como si fuéramos viles delincuentes, los miembros del consejo nos dieron la espalda y comenzaron a mover sus cabezas en aceptación a la teoría de nuestro ex amigo y jefe Atiú, ante eso, alzando la voz e interrumpiendo sus falacias, dije:

—Protesto…

—Tienes que gritar más, amigo, para que te escuchen —dijo Fautabe.

—¡Protestooooooo!

El general Iorangi extrañado por mi enorme grito, hizo callar a Atiú que no dejaba de escupir todo el veneno que traía adentro:

—Segundo oficial Ymir, primero que nada, no hay necesidad de que grite, al menos yo no estoy sordo y tampoco creo que el resto del consejo lo esté, por lo tanto, evite gritar y mejor explique o exponga el por qué debemos seguir con su teoría.

—Estimados señores del consejo, no es verdad lo que nuestro colega aquí presente acaba de decir de nuestra teoría NGWA, creemos que el nuevo sistema de propulsión es completamente válido, porque en las primeras pruebas de laboratorio y en los simuladores, hemos notado que adquiere la energía de las partículas que viajan por el universo, por lo tanto, es un sistema que no necesita ninguna clase de combustibles externos, es totalmente autosustentable y eso representa un resultado positivo en lo económico para las naves de nuestro mundo… A futuro el sistema de propulsión NGWA, podría ser usado en las naves tanto de caza furtiva como en las de transportes de tropas… Yo les prometo, y doy mi palabra de que, si mi teoría no sirve, me iré a vivir lejos de nuestro mundo...

Atiú desesperado, me interrumpió en ese momento:

—¿Te irás a otro mundo?, después de gastar todos los millones de créditos que ha costado tu inútil experimento, ¡no!, mejor vete ahora y así nos haces un favor a todos.

Los miembros del consejo empezaron a murmurar y a gritar entre ellos por lo que el general los hizo callar:

—¡Orden! ¡Orden en la sala! He tomado mi decisión, por ahora me pronuncio a favor de que los oficiales Ymir y Fautabe continúen con su experimento, pero exijo más pruebas certeras de que sí es un buen sistema... Tienen exactamente diez amaneceres, para probarnos al consejo y a mí que podemos pasar al hiperespacio en segundos, si no lo logran, serán desterrados junto con sus familias y continuaremos con la teoría del científico y primer comandante Atiú. ¡Eso es todo! —exclamó Iorangi, mientras golpeó la mesa con su enorme mano para luego levantarse y salir de la sala, seguido de los diez jerarcas del consejo.

Nos acababan de dar otra oportunidad, oportunidad que no íbamos a desaprovechar. Entonces, salimos de la sala del segundo consejo y nos dirigimos inmediatamente a nuestro laboratorio, no sin antes percibir el enojo y el odio que emanaba de los ojos de Atiú, quien estaba enfurecido por el veredicto del general y del consejo del gobierno mundial de Kaula.

Al mismo tiempo, en casa, Mahuru recibió una video llamada por su SkinPhone de su esposo Ymir, ahí ella se enteraría de la difícil tarea que él tendría frente al consejo a la hora de comprobar que su invento sí funcionaría:

—Te saludo Mahuru, mi esposa.

—También yo te saludo Ymir.

—Mahuru, tenemos una buena y una mala noticia, la

buena es que el consejo decidió seguir apoyando nuestro proyecto…

—Maravilloso! ¡Qué bueno!… ¿Y cuál es la mala noticia?

—Que solo tenemos diez amaneceres para demostrar que funcionará, así que, tenemos que pasar ya mismo a la tercera etapa…

—¿No crees que es demasiado apresurado hacer pruebas en naves? —dijo Mahuru muy preocupada.

—Sí… quizás es apresurado, pero necesitamos urgentemente hacer la prueba final si queremos tener la aprobación del consejo.

—Ymir, esposo mío… Cuenta con mi apoyo, recuerda que yo soy primer oficial y piloto graduada de la academia, y si requieres de un piloto de prueba, cuenta conmigo…

Una vez terminada la llamada, Mahuru saludó a sus hijos Ulani y Kauri, que llegaban del conservatorio del saber:

—Bienvenidos a casa hijos, acabo de hablar con su padre…

Los niños corrieron hacia su madre y la saludaron uniendo sus frentes con la de ella.

—Madre, te recuerdo que solo faltan cinco amaneceres para el cumpleaños de la boda con nuestro padre —dijo Ulani emocionada.

Mahuru, después de abrazarlos, volteó la mirada a través de un cristal enorme que se encontraba en la entrada de su casa:

—Lo único que me gustaría para este aniversario de boda, es que estemos todos juntos y felices.

—Pero madre, tu siempre has querido ir al mundo paraíso —dijo Kauri sin dejar de mirarla mientras hablaba.

—¡Sí! Es verdad, anoche me lo dijiste.

Mahuru se quedó callada por unos momentos para luego exclamar:

—Tienes razón, de verdad quiero ir a Mundo Paraíso, no creo que esta vez a su padre se le vaya a olvidar.

Mientras tanto, por los pasillos del edificio del general Iorangi, Atiú volvía con pasos apresurados para solicitar entrar a hablar con él:

—Te saludo nuevamente, ayudante del general, solicito de manera urgente me permita usted entrar a hablar sobre un asunto que quedó pendiente con el general Iorangi.

La ayudante, asintiendo con la cabeza, caminó hacia la oficina del general, seguida por Atiú, al llegar a la puerta ella pasó su mano por un lector que hizo que esta se abriera:

—Adelante, el general lo espera.

Atiú ingresó a la oficina donde el general Iorangi, lo recibió con un saludo peculiar:

—¿Qué puedo hacer por ti… mi curioso amigo?, pensé que ya habías acatado la decisión del consejo, pero me imaginé que ibas a volver por más inquietudes que afligen tu mente.

—Solo quería recordarle, que no es buena idea darle tanto crédito al segundo oficial Ymir, ya que yo soy mucho más inteligente, además de que soy primer comandante y mis aportaciones en nuevas tecnologías, han sido reconocidas en más de siete mundos… mmm… además, creo que hay un interés personal y familiar aquí, general Iorangi…

—Cuidado con lo que estás diciendo Atiú —dijo el general Iorangi interrumpiéndolo.

—Bueno, me enteré que el padre de Ymir y usted fueron compañeros en el pasado, mientras ambos estaban en la academia militar, es más, que incluso fueron juntos al conservatorio del saber, por lo tanto, de alguna manera eso mantiene a su casa con la de Ymir unidas…. Considero que a la hora de dar un veredicto con esas circunstancias de por medio, se podría llegar a pensar que sus decisiones no son objetivas y que hay ciertos intereses que el consejo reprobaría si llegaran a enterarse… Por tal motivo, me veré en la necesidad de acudir nuevamente ante ellos, para hacerles saber sobre esta situación, si usted no cambia de parecer y me otorga a mí el control, en el proyecto de creación de las nuevas fuentes de híper velocidad para nuestras naves.

El general, manteniendo la calma le respondió:

—Primer comandante Atiú, le pido que se calme... Y primero quiero saber, por qué tiene usted tanto interés en ser el desarrollador de ese tipo de tecnología, y no quiere darles esa oportunidad a otros compañeros en el laboratorio, es curioso el excesivo y hasta terrorífico interés que usted tiene en el desarrollo de esta tecnología... Nosotros también hemos tenido acceso a información sobre que usted comandante, ha ofrecido su tecnología a comandancias militares de otros mundos, incluso a viejos enemigos con quienes tuvimos guerras en el pasado...

—General, con todo respeto, creo que todo eso son solamente conjeturas y seguramente su amigo, el segundo oficial Ymir, debe estar detrás de todo esto. Me retiro general.

Atiú, asintió con la cabeza y haciendo una reverencia procedió a dar la media vuelta y retirarse del lugar.

Saliendo del edificio del general, Atiú recibió una video llamada en su SkinPhone, esta tenía muchas dificultades de conexión, ya que parecía venir de muy lejos, como de otro mundo. Atiú contestó la llamada con una gran discreción:

—Ya te había dicho que no me contactaras aquí, podrían rastrear la llamada... por cierto, con respecto al híper acelerador, dile al comandante que si yo le di mi promesa es por qué lo va a tener... ¡y ya no me llames más!

Atiú colgó la llamada y desactivó su SkinPhone pulsando fuertemente con uno de sus dedos su muñeca.

CAPÍTULO 2
EL ANIVERSARIO DE BODAS

El día del aniversario de bodas llegó, y como si nadie me hubiera recordado, sí, se me olvidó, como siempre. Todo comenzó temprano en el amanecer, cuando mi esposa Mahuru se encontraba en casa terminando de ordenar su equipaje, supuestamente para el viaje que yo le iba a obsequiar, por supuesto ella pensaba que era una sorpresa, aunque Ulani y Kauri ya se lo habían revelado, el problema fue que por esas cosas de la vida, se me había olvidado por completo.

Mientras Mahuru terminaba de cerrar su equipaje, accionó su SkinPhone y en el modo de llamada puso la palabra "madre", mientras su dispositivo generaba la conexión, Mahuru suspiraba en una actitud que no le permitía ocultar la emoción que sentía por el viaje que iba a realizar junto con toda su familia:

—Madre, hola ¿cómo estás?

—Bien hija de mi ser, a propósito, quería aprovechar para felicitarte a ti y a Ymir por su cumpleaños de boda.

—Gracias madre, te pido que me despidas de papá, sabes que lo llevo siempre en mi segunda mente… Pero bueno, estoy muy feliz porque me iré de viaje con Ymir, Ulani y Kauri ¡toda la familia!

—¡Que buen detalle de Ymir! Cuéntame hija a dónde se irán.

—Es una sorpresa mamá, bueno, supuestamente no debo saber, pero creo que me va a llevar a Mundo Paraíso...

Por otro lado, en el laboratorio, Fautabe hacía una prueba con el sistema de hipervelocidad, la cual terminó siendo todo un éxito, por lo que Ymir y él celebraron chocando sus frentes:

—¡Fautabe creo que ya lo logramos! Todo está listo, ya solo falta probarlo en una de las hipernaves para ver el rendimiento.

Decidí darle la orden a Fautabe y a mis colaboradores de instalar el dispositivo NGWA, en el hiperimpulsor de una de las naves de clase caza furtiva, tipo koriri interestelar, para que al siguiente amanecer pudiera ser probada por Mahuru.

Al pensar en mi esposa, sentí que había algo importante que tenía que hacer, pero que simplemente no podía recordar; Fautabe notó mi preocupación y se acercó a hablar conmigo:

—Presiento que algo he olvidado... mmm... con tanta presión y como nos dieron solamente diez amaneceres para presentar el dispositivo ya probado al consejo, creo que hay algo...

—¿Es una broma? Toda la semana tus hijos te estuvieron recordando, ¡es tu cumpleaños de boda amigo! ¡Tu aniversario!

—¡Oh no mi aniversario! ¡De nuevo se me olvidó! —Ymir, golpeó con su mano sobre la superficie de uno de los bancos de trabajo del laboratorio.

—Bueno... Solo vas a llegar un poco tarde, total te vas de viaje —dijo Fautabe preocupado.

—¿Viaje? ¿Qué viaje?

—Sí, el viaje que vas a realizar con toda tu familia a Mundo Paraíso... Porque sí adquiriste los pases, ¿verdad?

—Oh no —dijo Ymir, mientras dejaba caer todas sus herramientas.

—¿Oh no qué? No me vayas a decir que no fuiste por los pases, Ymir.

—No, creo que no... Es que justo cuando iba a ir por ellos, recuerda que nos llamaron al consejo.

—¡Ay hermano!... Ahora sí tienes problemas.

—¿Y ahora qué voy a hacer?... No puedo decepcionar a Mahuru, se lo prometí... Además yo y mi segunda mente la amamos.

—Mmm... ¿Qué podremos hacer? ¡Tengo una idea!... Hermano, sí vas a ir a ese viaje.

—¿Pero en qué? Si no reservé ni un hipertransporte.

—¿Transporte?, ¡aquí tienes transportes!

Fautabe, le mostró a Ymir dentro del hangar, una veintena de naves y señaló una de ellas, a la cual le acababan de instalar el dispositivo NGWA.

—Lo que tienes que hacer, es sacar la nave interestelar tipo koriri, que tiene el dispositivo, pasar por Mahuru, Ulani y Kauri, una vez que estés en el espacio, tendrás que pasar a velocidad NGWA y en unos cuantos sygnus, estarás en Mundo Paraíso para disfrutar con tu familia.

—¿Tienes conflicto en tu primera mente?, si Atiú se entera que me fui con mi familia en una nave oficial y militar de vacaciones, me acusará al consejo y me echarán de las milicias mundiales.

En ese momento, Atiú se encontraba trabajando en su dispositivo cerca de Ymir y Fautabe, por lo que alcanzó a oír su conversación, él soltó las herramientas y se acercó a escuchar sigilosamente el plan de Ymir y Fautabe, sin que estos dos se dieran cuenta de su presencia.

—Mmm... Ymir de la casa de Yanai... Creo que ya te tengo —dijo en silencio Atiú.

Fautabe emocionado por su plan le grita a Ymir:

—¡Ya te tienes que decidir, mira la hora que es!

Ymir se convenció y decidió subir a la nave, una vez adentro activó los impulsores y Fautabe se despidió de él chocando su frente con la de su amigo. La enorme nave comenzó a ascender para luego salir a gran velocidad.

En casa, Mahuru y Ulani, se encontraban terminando sus equipajes de viaje, mientras Kauri les leía información del Mundo Paraíso.

—Qué raro... Padre no me contesta... Es la quinta llamada que le hago —dijo Ulani a su madre, mientras mira su SkinPhone.

—Oh... parece que a tu padre de nuevo se le olvidó nuestro aniversario de boda y por ende, nuestro viaje...

CAPÍTULO 3
DISFRUTANDO EN MUNDO PARAÍSO

En ese instante, frente al cristal de la entrada de su casa, se posó en sus jardines la enorme nave piloteada por Ymir, esta era de clase caza furtiva, tipo koriri, contaba con 40 metros de diámetro y tenía dos escudos kaulanianos en un costado. Desde el interior de la cabina, Ymir le hizo una seña a su familia y les sonrió, para luego activar la rampa de la escotilla principal, y así transportarlos a la enorme fortaleza volante.

Ya dentro de la cabina, Mahuru se acercó a Ymir y lo abrazó, mientras conectaba su frente con la de su esposo, para unir sus mentes y decirle:

—Sinceramente pensé que se te había olvidado nuestro viaje en familia.

—¡No! ¡cómo crees! aprovechando que tengo que probar el nuevo impulsor de velocidad NGWA daremos un paseo en familia … ¡Y quizás podríamos pasar por Mundo Paraíso!

Al escuchar la explicación de su padre, Kauri inmediatamente le preguntó:

—¿Por qué no viene Fautabe y todo tu equipo?

—¡Ay tu mente! como siempre tan llena del saber, no es necesario que vengan porque solamente nos falta esta prueba para presentarla al consejo mundial, y ahora, será mejor que preparen sus dispositivos de vida y sus asientos, porque vamos a pasar al hiperespacio.

De pronto se escuchó un ruido proveniente de una de las bodegas traseras de la nave por lo que Ulani se extrañó:

—¡Qué fue ese ruido!

Ymir volteó su mirada hacia el fondo de la nave y respondió:

—Deben ser las herramientas de Fautabe, siempre las deja tiradas, pero bueno, mejor aseguren sus sistemas de vida porque salimos en 5… 4… 3… 2…

Ymir, encendió el sistema de propulsión, por lo que la nave salió a toda velocidad en dirección de la estratósfera del planeta Kaula.

Ya en el espacio, Ymir con ayuda de Mahuru, comenzó a trazar las coordenadas e ingresarlas en la computadora del sistema de propulsión NGWA; una vez todo registrado, la familia se preparó para saltar al hiperespacio.

—¿Coordenadas listas? —Preguntó Ymir.

—¡Listas! —Respondió Mahuru.

—¿Propulsores en línea?

—¡Sí! ¡En línea!

—¿Destino del impulso? —Ymir volteó a ver a los ojos a Mahuru, mientras le sonrió.

—Constelación Borealis Mundo Paraíso —Mahuru le respondió con una sonrisa— Gracias…

—¿Tiempo de salida?

—96 paxel año 65,342

—¿Tiempo de llegada?

—96.10 paxel año 65,342

—¡Wow! ¡En tan solo .10 sygnus estaremos en la constelación Borealis! —exclamó Kauri emocionado.

—¿Pero por qué a esa constelación? —Preguntó confundida Ulani.

—Hermanita, ¿qué no sabes que en Borealis está Mundo Paraíso?

—¡Silencio! —Ordenó Mahuru.

—Bueno… Llegó la hora de probar el impulso NGWA… Fautabe amigo mío, qué lástima que no estás aquí….

En ese momento apreté el botón de impulso NGWA, la nave comenzó a vibrar y una vez que la computadora analizó los datos de destino, salimos a toda velocidad cruzando el hiperespacio, hacia la constelación Borealis… Esos fueron los .10 sygnus más emocionantes de mi carrera.

Ya en la constelación Borealis, apareció la nave disminuyendo la velocidad drásticamente y girando en dirección, a un pequeño mundo de color aguamarina, donde lo que más resaltaba era la gran cantidad de islas que este tenía.

—¡Padre, madre! —Exclamó Kauri, emocionado —¡hemos llegado!

La nave llegó a la estratósfera del impresionante Mundo, pasa al costado de otras naves comerciales provenientes de diferentes puntos de la galaxia; Ymir piloteó su nave y se separó de estas para ingresar en la atmósfera del hermoso planeta y dirigirse hacia un sector de islas, en la parte oriental del lugar.

—¡Allá! ¡Allá! ¡Padre creo que ese lugar está vacío! —Exclama Kauri.

—Está bien hijo, allá vamos.

Al momento, apareció enfrente de la cabina de la enorme nave, un paisaje que le hizo justicia al nombre del lugar, Mundo Paraíso.

Enormes cascadas de color rosa, árboles gigantescos que parecían edificios, aves exóticas de colores indescriptibles, montañas de colores verdes, amarillos, azules, sí... en realidad estábamos en el paraíso.

El tren de aterrizaje de la enorme nave comenzó a activar su mecánica, mientras los impulsores de la nave estabilizaban el descenso. Nos posamos al lado de lo que parecía ser una gigantesca playa.

—¡Bienvenida a Mundo Paraíso esposa! —Exclamó Ymir hacia Mahuru.

—Wow... Qué hermoso...

Mahuru desactivó el sistema de vida de su asiento y lentamente comenzó a ponerse de pie. Mientras ella suspiraba, Ymir accionó la escotilla principal de la nave, la cual descendió tomando la forma de un puente, por donde toda la familia bajó, hasta por fin tocar lentamente con sus pies una dorada arena que parecía oro en grano.

—¡Qué hermoso color de arena! —Exclamó sorprendida Mahuru.

—¡Está hermosa! —Respondió Ulani.

—¡Sí! ¡Padre, se parece a la que usas tú en el laboratorio! —Dijo Kauri con emoción.

—¡Exacto! Pero nunca la había visto en tanta cantidad... ¡Nos podríamos llevar un poco! —dijo Ymir mientras la tomaba entre sus manos.

Siendo ya el medio día, mientras Mahuru, Ulani y Kauri se divertían con una hermosa ave exótica, Ymir, caminaba por la hermosa playa de arenas doradas y se aproximaba a los pies de una enorme cascada, cuando fue sorprendido por un inusual ruido proveniente del interior de la isla. En ese momento, desde el interior de la enorme nave, un pasajero inesperado que venía de polizón, se asomó por una de las ventanillas del costado izquierdo y dijo:

—Mmm... Con que sí tenías razón, Ymir... Tu maldito propulsor funciona.

Hasta ese momento todo sucedía de maravilla, por primera vez mi familia y yo disfrutábamos como una pequeña pandilla, sin darnos cuenta de aquel pasajero intruso que nos vigilaba.

CAPÍTULO 4
EL INCIDENTE CON LA SUPERNOVA

Después de dos amaneceres kaulanianos, Ymir y su familia, quienes ya habían disfrutado las monumentales playas, acantilados, paisajes y animales exóticos, se preparaban para retornar a Kaula.

Mi preocupación, era que solo tenía ocho amaneceres más para finalizar todas las pruebas y presentarlas ante el general y el consejo, con mucha tristeza y mirando a Kauri, Ulani y Mahuru, los cuales no paraban de gritar y disfrutar el lugar, me decidí con nostalgia a decirles que era hora de retornar a nuestro mundo.

—Mahuru, esposa, tenemos que regresar.

—Sí... Tienes razón, hoy ya cumplimos dos amaneceres aquí y solo te quedan ocho... Lo bueno es que ya has probado que sí funciona el hiperpropulsor.

—Sí... Pero para serte franco... Cuando lo activamos saliendo de Kaula, pensé que no iba a funcionar, no sé, presentí que algo malo pasaba en la nave... Sobre todo, cuando escuchamos esos ruidos en una de las bodegas.

Ymir y Mahuru se acercaron a sus dos hijos:

—¡Hijos! Debemos irnos, preparen sus cosas.

—Oh no… ¿Por qué? —Dijo Kauri.

—Pero si solo han pasado dos amaneceres —replicó Ulani.

—Recuerden que este es un viaje oficial, que fue solo para probar el dispositivo NGWA y Fautabe debe estar preocupado, ya que todavía nos quedan varios detalles que debemos resolver antes de presentar mi invento al general Iorangi.

—¿En serio tenemos que irnos padre? —Respondió Kauri.

—Sí, lamentablemente sí.

Mientras les veía los ojos tristes a mis hijos, nunca me imaginé que esa sería por mucho tiempo, la última vez que disfrutaríamos tan felices y en un lugar tan hermoso como una familia normal. Ingresamos a la nave y nos preparamos para despegar de aquella solitaria isla, sin imaginarnos lo que en pocos sygnus más adelante nos cambiaría toda nuestra vida.

—Mahuru, ¿estás segura que quieres pilotear la nave?

—No te preocupes Ymir, recuerda que yo soy primera oficial y primer piloto.

—Sí, me lo has dicho muchas veces, creo que como diez en los últimos dos amaneceres…

—¡Ok! ¡Todos en sus puestos! Activen sus sistemas de vida… Retraer mecánica de tren de aterrizaje… ¡Y nos vamos!

La gigantesca nave, comenzó a ascender entre los enormes árboles y quebradas de la hermosa playa, tomando impulso entre las nubes de cristales hacia la estratósfera del impresionante mundo.

—Prepárense para pasar al hiperespacio… ¿Coordenadas listas? —Preguntó esta vez Mahuru a Ymir.

—¡Listas! —Respondió Ymir.

—¿Propulsores en línea?

—¡En línea!

—¿Destino del impulso?

—Kaula.

—¿Tiempo de salida?

—13 Paxel año 65,342.

—¿Tiempo de llegada?

—13.10 Paxel año 65,342.

Como si piloteara un gran crucero estelar, lleno de tropas militares, Mahuru activó el propulsor NGWA, el cual después de hacer vibrar toda la nave, nos lanzó hacia el hiperespacio en camino de nuestro hogar. Todo iba bien, pero cuando solo habían transcurrido .3 sygnus y ya habíamos superado cinco veces la velocidad de la luz, se activó una pequeña luz que provenía de una de las consolas, esta no dejaba de sonar.

—¡Madre! ¿Qué es esa alarma? —Preguntó asustada Ulani.

—¿Una alarma?

—¡Sí! Se acaba de activar una luz de emergencia… Un momento.

Ymir dejó su asiento y avanzó con mucha dificultad entre las ondas de velocidad NGWA que impedían que se moviera con fluidez, y tras llegar a la consola exclamó:

—¡Es una advertencia! ¡Es una advertencia!

—¡¿Qué?!

—¡Según el sistema de navegación acaba de hacer explosión una supernova!

—¡Y qué pasa! Apaga la alarma entonces.

—Lo que pasa es que vamos directo hacia su onda expansiva.

—¡Oh no! — Dijo asustada Ulani— madre tengo miedo…

—Tranquilos hijos… Nada malo nos pasará.

En ese momento, mi hijo Kauri, sin preguntarnos, desactivó el sistema de vida de su asiento y activó su consola para ingresar a la computadora universal.

—¡Kauri vuelve a tu asiento!

—Tranquila madre…

—Te repito, vuelve a tu asiento, ¡es una orden!

—Calma madre, solo busco en el mapa universal la trayectoria de la onda expansiva… Y creo que ya la encontré.

—Tranquila Mahuru, tiene razón Kauri, debemos seguir la onda expansiva y no cruzarla.

—Exacto padre, si no, nos destruirá.

—¡Pero eso nos sacará de nuestro rumbo!

—¡Mahuru, debes desactivar el sistema NGWA y voltear la nave!

—¡Sí madre! Como si estuviéramos esperando una ola en el mar de Mundo Paraíso.

En ese momento, Mahuru detuvo el sistema de hiperimpulso y maniobra la nave hacia la derecha.

—¡Listo! ¡Ahora activa de nuevo el sistema de propulsión!

—¡Rápido madre, que está a punto de alcanzarnos la onda expansiva!

Mahuru, logró encender el sistema NGWA, por lo que todos salieron junto con la onda expansiva, que parecía una gigantesca pared de fuego y rocas en dirección del espacio infinito.

Logramos activar los impulsores para saltar al hiperespacio, Mahuru, como buena piloto, logró estabilizar la enorme nave, sin darse cuenta de que el sistema NGWA, a causa de la temperatura externa, comenzaba a fallar.

Fue entonces, que en medio de la desesperación de mis hijos y de Mahuru, se abrió una puerta, de la cual ingresó al puente de mando nuestro querido y perturbado primer comandante Atiú, quedando así resuelto el origen de los misteriosos ruidos, que desde que salimos de Kaula, se escuchaban en las bodegas de la nave.

—¡Qué hacen ignorantes! ¡Me van a matar!

— ¡Pero usted! ¿Qué hace aquí? —Gritó Mahuru.

—Ahora entiendo por qué tanto ruido —dijo Ymir.

—¡Usted mejor cállese! Que por hurtar una nave de las milicias kaulanianas, los enviarán el resto de sus vidas a trabajar a las minas de Kanoan.

—¡Pero no le ha respondido a mi padre! ¿Qué hace aquí? —Interrumpió Kauri.

—Bueno... oí a tu padre hablar con Fautabe de este plan y esperé, pero cuando Ymir hurtó la nave, tomé la decisión de seguirlo para saber qué iba a hacer, pero después me di cuenta que también había hurtado su invento.

—¿Hurtó...? —Preguntó, Ulani.

—¡Sí!, tu padre robó esta nave, solo para probar su ridículo invento.

—¿Robaste la nave? —Preguntó, Mahuru a su esposo.

—Bueno... Sí, ¡pero lo hice por ti!

—Ay qué tiernos... —Exclamó Atiú burlándose de manera sarcástica.

—¿Y era necesario que te escondieras?

De pronto, una estruendosa explosión proveniente de uno de los reactores del impulsor principal explotó, interrumpiendo la discusión.

—¡Cuidado! ¡Qué fue eso! —Dijo asustada Mahuru.

—Oh oh, creo que estás en problemas —dijo Atiú.

—Error, estamos en problemas, recuerde que usted viene con nosotros en la nave —le respondió Ulani.

La nave comenzó a perder velocidad, siendo esta arrastrada por la onda expansiva de la supernova. Fue ahí cuando al sacudirse la nave a causa del impacto, Atiú cayó inconsciente al piso.

—Madre ¿qué vamos a hacer con él? No lo podemos dejar en el piso —preguntó Ulani.

—Aprovechemos para echarlo a la compuerta de servicio y lanzarlo hacia el espacio —propuso Kauri.

—Hijo, cómo se te ocurre eso…

—¡Ay papá, solo estaba bromeando!

—Ayúdame a levantarlo, Ulani… Aquí… En este asiento, actívale su sistema de vida…

—Listo padre.

Mientras Mahuru, intentaba maniobrar con la nave, luego de varios paxel transcurridos, la onda expansiva de la supernova, finalmente se quedó atrás de nosotros, el problema ahora sería que no sabíamos como regresar a nuestra constelación, ya que, por lo visto, nos habíamos desviado varios cientos de años luz.

—Padre… ¿Y ahora qué vamos a hacer? —Preguntó Kauri.

—Tranquilos hijos, ahora resuelvo como volver a casa….

—¡No!, me refería a Atiú.

—Eso luego lo vemos, ahora lo importante es tratar de buscar un mundo para aterrizar y reparar la nave.

Mahuru miró a los ojos a Ymir y se acercó a él para hablarle en voz baja:

—El sistema de navegación está averiado y por lo visto, aunque encontremos un mundo, nos será muy difícil aterrizar…

—Tranquila madre, ahora busco un mundo clase M —dijo Kauri, quien alcanzó a oír la conversación de sus padres, mientras las explosiones no cesaban en los sistemas de propulsión

—A ver… ¡Aquí encontré uno! Un sol con mundos… Hay tres planetas clase M… Pero esperen… La computadora me marca que es un sistema de mundos aliados a viejos enemigos de Kaula, y a parte, son mundos demasiado bélicos y desarrollados.

—¡No importa, ahí podemos aterrizar! —respondió Ulani asustada.

—No, mi invento no puede caer en sus manos —replicó Ymir.

—Dense prisa, porque no nos queda mucho tiempo, necesitamos aterrizar —dijo Mahuru.

—Hermano, entonces busca otro —exclamó Ulani.

—Mmm… A ver… ¡Acá creo que encontré uno!… Es clase M, tiene una atmósfera muy parecida a la nuestra, aunque es un poco más frío, pero ahí podríamos aterrizar.

—¿Y son bélicos? —Preguntó Ymir.

—Mmm acá dice que sí, pero a causa de sus guerras están muy retrasados.

—¿Qué te parece? —Preguntó Ymir a Mahuru.

—¡Sí ahí!, bueno, prepárense para un aterrizaje de emergencia, aseguren sus sistemas de vida…

CAPÍTULO 5
EL INCIDENTE EN ROSWELL

Fue entonces, que decidimos aterrizar en lo que parecía ser un mundo azul cubierto de agua. Entramos al planeta como una bola de fuego desde el oeste, cruzamos por encima de los llanos dejando una estela de fuego y de humo…. escuchamos un sonido estruendoso al momento de tocar la superficie y arrastrarnos a toda velocidad por ella, quebrando a nuestro paso troncos de árboles, piedras y arbustos, nos detuvimos finalmente cuando la nariz de nuestra nave chocó con una pequeña loma. Después de que pasaron unos minutos, pude reaccionar, tenía un fuerte golpe en la cabeza:

—¡Niños! ¿Cómo están?… ¡Hijos! ¡Contesten! —Preguntó Ymir muy preocupado.

—Estamos bien… —respondió Kauri.

—¡Tu hermana! ¿cómo está?

—Aquí estoy papá, estoy bien… solo un poco golpeada.

—¡Mahuru, Mahuru!

—Creo que está inconsciente, papá.

—Mahuru, ya aterrizamos…

—La nave… La nave… La nave ¿cómo está?

—Gracias madre, nosotros también estamos bien —reclamó Ulani.

—Disculpen hijos, pero si la nave no está bien, no podremos volver a casa y tu padre solo tiene ocho amaneceres para entregar al consejo las pruebas de su invento.

—Oh no… tenemos un problema —exclamó Kauri.

—¿Otro más? —preguntó angustiada Ulani.

—Sí… ¿Cuántos amaneceres dices que tiene papá para entregar su proyecto?

—Ocho.

—Bueno… No te preocupes, porque en este mundo son ocho años.

—¿Qué? —Exclamó Ymir.

—Sí padre, según mis cálculos y según lo que dice la computadora universal, un "día" en Kaula, como dicen aquí, equivale a un año de ellos.

—Bueno… Y a todo esto, ¿nuestro amigo Atiú, sobrevivió?

—¡Primer comandante Atiú! ¡Sí, sobreviví!… A ver, tranquilos recuerden que yo soy el oficial con más rango… Según mi SkinPhone, hemos aterrizado en un mundo llamado "Tierra", en un sector que según mi lector se llama Ros… Roswell.

—Tierra. ¿Qué es eso? —preguntó Ulani extrañada.

—Así le llaman a su mundo sus habitantes.

—Uy que horrible nombre… Tierra.

—Sí —dice Atiú— Tierra, como polvo…

—Pero… ¿Y si estos aliens que habitan en este mundo, son verdes y tienen antenas? oh no… —preguntó Ulani asqueada.

—Sí… Y seguramente babean —dijo Kauri sonriendo y burlándose.

—Ya basta hijos, acabamos de caer en un planeta que no conocemos…

—Bueno, seguramente sus habitantes ya saben de nuestra llegada, les recomiendo que tomen sus equipos de supervivencia y sus sistemas personales de defensa —exclamó Atiú.

—¡A ver! ¡Nada de armas! ¡Nada de eso! Vamos a tratar de comunicarnos con los alienígenas de este lugar, reparamos nuestra nave y nos vamos a casa —interrumpió Ymir, quitándoles las armas y guardándolas en una cápsula.

"Reparamos nuestra nave y nos vamos a casa…" Uy… Qué equivocado estaba yo, habíamos descendido en un planeta, así es como ellos lo llaman, "planeta", donde estos alienígenas, mal llamados humanos, jamás habían tenido contacto con seres o civilizaciones de otros mundos, incluso, en sus mentes, sus gobernantes más poderosos desde el pasado les habían inculcado que ellos eran el único mundo con seres racionales en todo el universo, es más, ¡ellos se creían ser el centro del universo! Y no, no estoy exagerando, ya que cuando nos dimos cuenta de todo esto, nos habían tomado detenidos unos seres extremadamente violentos e incluso habían incautado nuestra nave… Pero a ver… Esperen, creo que me adelanté demasiado, empecemos de nuevo…

Habíamos caído en lo que creíamos que era una zona solitaria, era de noche y nuestra escotilla principal estaba averiada, lo que nos impedía salir de la nave; entre Atiú y yo tratamos de abrirla de forma manual pero no pudimos, por lo tanto, decidimos buscar otra escotilla, fue ahí cuando el sistema de emergencia de la nave, detectó la llegada del primer alienígena, un ser curioso de mediana estatura.

—Hay alguien afuera… —Dijo Atiú, mientras se levantó sigilosamente, sacando otra de sus armas de su traje de exploración militar.

—¡Oh no, qué miedo madre y seguramente es un ser horrible!

—Tranquila hermana, no creo que sus antenas puedan penetrar el blindaje de nuestra nave.

—¡Ya cállense, tranquilos! Seguramente es el primer alien

que viene a darnos la bienvenida —dijo Ymir tratando de calmarlos.

—Esposo mío, ¿estás seguro de que estos seres puedan ser amigables?

—Sí, estoy seguro, es más, voy a salir a saludarlo.

—No es buena idea, quizás sean agresivos —dijo Atiú tratando de detenerlo.

—No creo, ya nos habrían disparado y nos hubieran desintegrado.

A las afueras del pequeño pueblo llamado Roswell en Nuevo México, acababa de llegar al lugar del siniestro, el granjero Mac Brazel, el capataz vestido con un overol azul, camisa de franela y un viejo sombrero texano, llegó en una camioneta que parecía sacada de un museo. Atraído por su curiosidad, y por las luces y gases que emanaba la nave desde distintos ángulos; este comenzó a acercarse sigilosamente, hasta llegar al costado principal de la nave.

—Mmm… Qué extraño avión, ¿será que aún hay sobrevivientes? —El hombre golpeó una escotilla y preguntó—, ¿Hola?… ¿Hay alguien ahí adentro?… ¡Respondan! —Dijo sin parar de golpear.

Mientras tanto nosotros en el interior no entendíamos esa forma de hablar que se nos hacía tan rara. Kauri y Atiú comenzaron a responderle los golpes que el alien hacía desde afuera de nuestra nave, mientras Mahuru y Ulani, extrañadas por los gritos de aquel ser permanecieron abrazadas.

Al escuchar que los golpes venían del interior de la nave, el granjero Mac Brazel salió presuroso del lugar del accidente, encendió el motor de su vieja camioneta y fue en busca del shérif Wilcox. Antes de que se fuera, Kauri logró escanear sus gritos con el sistema de traductor universal, el cual replicó en su SkinPhone, lo que nos ayudó a entender un poco más ese extraño idioma.

—Padre, de acuerdo con el análisis que ha hecho el traductor universal, creo que este ser que vino a golpear la superficie externa de nuestra nave, en realidad no venía a hacernos daño y creo que no tiene antenas, es más, es humanoide como nosotros y sentía la curiosidad de averiguar cómo estábamos —dijo Kauri.

—Entonces nos estaba saludando... —dijo Ulani suspirando de alivio.

—Al parecer eso quería, se trataba solo de un simple saludo —respondió Atiú.

—¡Ven! les dije que no se preocuparan, ¡vienen en paz! —dijo Ymir.

—Sí, creo que sí padre.

Ese fue nuestro primer error, pensar que nos estaban saludando, y bueno, de alguna manera ese granjero sí lo había hecho, pero el segundo ser que vino a vernos, era una especie de militar con una enorme estrella metálica en su pecho, él comenzó a caminar y a inspeccionar el lugar para luego enviar mensajes a sus superiores con una especie de comunicador al que ellos llamaban radio, los demás no tardaron en llegar... todo el mundo lo llamaba sheriff, y no sé que es lo que significa, porque para eso mi SkinPhone no tiene traducción.

Después de eso, finalmente conocimos a Marcel, un oficial de inteligencia con quien tuvimos el primer contacto. Todo lo que cuento, ocurrió el segundo día en su mundo, cuando aparecieron varios vehículos militares de los cuales descendieron cientos de seres armados que rodearon nuestra nave, inmediatamente, después bajando de un vehículo más pequeño, apareció nuestro amigo, Jesse Marcel:

—Señor, la nave está completamente rodeada.

—¿Curiosos en el área?

—Despejado, incluido el sheriff.

—Perfecto… ¿Prensa?

—Nada de prensa señor.

—¿En qué condiciones está la nave?

—Creemos que está averiada, producto del impacto que tuvo, ya que entró desde el oeste, directo hacia las tierras del rancho.

—¿Ya limpiaron todo el perímetro?

—Sí señor, está limpio.

—¿Hay sobrevivientes?

—Todavía no sabemos señor, no hemos logrado abrir la escotilla principal.

—Bueno, asegúrense que no entre nadie, repito, nadie a este sector… Y necesitamos una distracción.

—Sí señor, en eso ya estamos trabajando.

—Perfecto…

—Señor… La doctora Jones se encuentra lista con su equipo de médicos, por si alguno de los visitantes necesita atención.

—Perfecto capitán, avísenme cuando logren abrir la escotilla.

Luego de eso, se acercó el oficial Anderson, asistente de Marcel, para informar que el General Ramey estaría a cargo del incidente.

—Señor, acaba de llegar un mensaje de Washington, según las órdenes todo queda al mando del General Ramey.

—Recibido y gracias.

Mientras tanto, en el interior de la nave, Kauri alerta a Ymir de lo que sucede:

—Padre, nos acaban de rodear seres humanoides que parecen bélicos…

—¿Cómo que bélicos? Pero si el anterior, el que venía con ese extraño casco en la cabeza venía en paz, tú mismo lo dijiste.

—Sí, pero estos son diferentes, porque vienen con dispositivos que parecen armas. ¡Estamos en peligro!

—Debemos estar listos para repeler cualquier posible ataque —interrumpió Atiú—, primera oficial Mahuru, active las defensas de la nave.

—Señor, las defensas de la nave están a un 20 %.

—A ver a ver, relájense, ¿cómo que señor? —dijo Ymir molesto.

—Padre debo decir que Atiú no es de mi agrado, pero creo que esta vez tenemos que escucharlo —dijo Ulani para calmar a su padre.

—¡Se están acercando! ¡Se aproximan cada vez más a nuestra nave! —Dijo Kauri inquieto.

—¡Prepárense para lanzar un pulso biomagnético! —exclamó Atiú.

—¿Qué? ¿Estás loco? Si lo hacemos vamos a destruir a todo ser viviente en esta región, y por ende, si existe alguna base militar cerca, esta quedaría eliminada… Si lo que queremos es reparar la nave con su tecnología, si es que la tienen, no podemos destruirlos o estaríamos condenándonos a nosotros mismos.

—¡Usted cállese! Es más, queda relevado como segundo oficial, a partir de ahora es un simple alférez… Primera oficial Mahuru, prepare la descarga para el pulso.

—¡Ya están en la escotilla principal! ¡Están tratando de derribarla! —Dijo Kauri asustado.

—5… 4… 3… 2… ¡Descarga del pulso biomagnético!

En el exterior de la nave, el sargento Phillip Carter se encontraba junto a sus hombres intentando perforar la escotilla, pero fueron interrumpidos tras recibir una pequeña descarga eléctrica que les hizo perder el equilibrio y caer al suelo:

—¡Qué fue eso! —gritó el sargento Carter—, cabo, revise a los hombres.

—Todos bien, al parecer fuimos impactados por una descarga de energía electromagnética, pero fue muy baja, todos estamos bien.

—De acuerdo... prosigan con el equipo de oxicorte.

De vuelta en el interior, Atiú enfurecido golpeaba uno de los monitores de la consola central, mientras reclamaba a Mahuru directamente:

—¿Qué fue eso Mahuru?

—Señor, creo que el sistema de pulso biomagnético sufrió serios daños.

—¡Vuelva a mandarlo! ¡Ahora!

—Señor, el sistema ya no responde.

Ymir se acercó a Mahuru para verla a los ojos, por lo que ella le devolvió una mirada discreta, seguida de un guiño y una pequeña sonrisa.

—¡Madre, padre! Ya están aquí, están por abrir la escotilla principal.

—¿Pero no se supone que esta nave es militar y el blindaje es impenetrable?

—Sí hermanita, pero como las defensas de la nave están a un 20 %, los materiales se han vuelto vulnerables, ya que estos funcionan con el magnetismo de la nave que generan los impulsores integrados.

—En otras palabras, ya no contamos con los escudos de la nave —explicó Ymir.

—Así es... En estos momentos somos tan vulnerables como todas esas mediocres máquinas que nos rodean.

—Señores... Temo decirles que no nos queda otra cosa, más que resetear nuestra nave... —Interrumpió Atiú impaciente.

—¿Con nosotros en el interior? —preguntó Ulani nerviosa.

—Amigo... Si es que puedo volver a llamarte así, debo decir que estás totalmente loco, ¡cómo crees que voy a hacer estallar esta nave con mi familia en el interior y además con el híper impulsor NGWA!, estamos en un mundo lleno de inocentes. Atiú, ellos ni siquiera sabían de nuestra existencia.

—Mire usted alférez, ¡mejor cállese!, aquí el oficial a cargo soy yo, y según los protocolos de nuestras milicias, cuando una de nuestras naves está a punto de ser capturada, se debe hacer todo lo necesario para que nuestra tecnología no caiga en manos de ninguna especie que no sea kaulaniana —exclamó Atiú para callar a Ymir.

Mientras tanto, en el exterior las tropas que ya habían incrementado en número, se preparaban para entrar a la nave, ya que al oxicorte le faltaban solo 10 centímetros para derribar una esquina de la escotilla principal.

—¡Sargento! ¡Derribe esa escotilla! —Ordenó el oficial de inteligencia, Jesse Marcel.

—¡Solo dos minutos señor! —Contestó el sargento Phillip Carter—, ¡prepárense para entrar! ¡Todos a sus puestos!

En el interior, Atiú insistía con gritos que se tenía que hacer explotar la nave, por lo que Kauri interrumpiendo los gritos dijo:

—Padre, madre… según las lecturas que me están dando los sensores de los escudos exteriores ya no tenemos tiempo, por lo visto ya han pasado el segundo blindaje…

Atiú reaccionó sacando un arma de su cintura, apuntando en dirección de la escotilla principal, mientras Ymir y Mahuru se encontraban firmes en una postura marcial, como esperando con ansias conocer y recibir a la nueva especie alienígena.

Al caer finalmente el pedazo de escotilla al suelo, ingresaron cuatro oficiales militares a la nave, junto al sargento Phillip Carter, seguido por Anderson, el asistente de Jesse Marcel:

—A ver señores, lo que están a punto de ver es secreto de los Estados Unidos de América, por lo tanto, quedan en advertencia, bajo pena marcial de no divulgar nada de esta operación, así que señores, discreción total por lo que verán a continuación… —dijo Phillip Carter a su equipo.

—¡Señor, sí señor!, ¡señor sí señor!, ¡entendido señor! —Repiten los cuatro oficiales, pasando bala en sus armas y sacando los seguros de estas.

Mientras tanto, afuera, el oficial de inteligencia Jesse Marcel, quién estaba a cargo de toda la operación y con la ayuda de un viejo walkie talkie, le da la orden a Phillip Carter y a sus hombres de tomar el puente de la nave.

—Aquí Marcel, cambio…

—Adelante, aquí Carter, le escucho señor.

— ¿Ya ingresaron a la nave?

—Sí señor, afirmativo, estamos en lo que parece ser un pasillo o un área de carga.

—Proceda a tomar el puente de la nave con sus tripulantes…

—Señor, estamos a punto de entrar al puente, repito, estamos a punto de entrar…

En ese momento la transmisión se corta y desde el exterior, Jesse Marcel insiste en volverse a comunicar con Carter—, ¡Carter responda!, ¿qué esta pasando? ¡Responda! —pero una interferencia les impide conectarse.

—¿Carter me escuchas?, ¡Carter, Carter!…

Volviendo al puente, Ulani y Kauri se esconden en lo que parece ser un pequeño armario de primeros auxilios; Atiú, sin quitar el dedo del dispositivo o gatillo de su arma, continuaba apuntando hacia la puerta esperando a los usurpadores, mientras Ymir y Mahuru pasaban saliva sobresaltados por lo que estaba pasando, justo en ese momento en el umbral de la puerta, apareció el primer rostro que era de un oficial militar, apuntándoles con una ametralladora M3, seguido por Phillip Carter armado con su beretta 9 milimetros:

—En nombre de los Estados Unidos de América, bienvenidos al planeta Tierra… están ustedes arrestados, ¡arriba las manos!

Atiú, sosteniendo su arma la cambió del modo aturdir al modo letal por lo que Ymir se abalanzó sobre él:

—¿Qué haces Atiú? ¡Dame tu arma!

Al caer los dos al piso, el sargento Phillip Carter reaccionó disparando su arma e hiriendo a Ymir en el costado derecho de su abdomen.

—¡Ymir! ¿Estás bien? ¡Por favor contéstame! —Dijo Mahuru alarmada.

Ulani salió del armario y tomó el arma que yacía a sus pies, producto del enfrentamiento entre Ymir y Atiú, apuntando a uno de los oficiales.

—Ulani, tranquila… estoy bien, solo estoy herido… Ulani, por favor, dame el arma —interrumpe Ymir a su hija.

Ulani soltó el arma la cual dejó caer en las manos de Mahuru, al momento que todos los oficiales rodearon el puente. Mientras tanto, Kauri al ver a su padre herido, salió del armario, e inmediatamente en su SkinPhone comenzó a buscar el traductor universal.

—¡Padre! creo que ya lo encontré, no es muy parecido a su idioma, pero nos puede servir para entenderlos, es un viejo dialecto con raíces de Nibiru… Por lo que entiendo, quieren que pongamos nuestras cabezas arriba de las manos…. No no no no, perdón nuestras manos arriba de la cabeza…

—¿Qué? ¿Qué es eso? —Dijo Ulani.

—Creo que ya se lo que quieren… Es una forma de desarmar a los oponentes —explicó Atiú— solo levanten las manos y ya.

—Ok, ok, hijos, levanten las manos obedezcan —ordenó Ymir.

—Pero si nosotros no tenemos armas... —dijo Mahuru.

Enseguida, un oficial militar les hizo un gesto con el cañón de su arma, indicándoles que tambíen subieran las manos.

Kauri, se encontraba programando los SkinPhone de todos y les dijo:

—Les advierto que quizás haya algunas palabras que no van a poder ser traducidas literalmente, pero al menos, algo ayudará...

Kauri fue interrumpido por uno de los oficiales, al ver que desde la muñeca del pequeño niño, aparecían textos e imágenes.

—¿Pero que es eso? ¡Dios mío! ¿Cómo puede ser posible? —gritó el oficial.

—¡Silencio! —exclamó el sargento Carter, dando además la orden de salir de la nave.

—Perdón señor, es que jamás había visto algo así...

—¡Ya cállese oficial! —Dijo Carter, mientras continuaban avanzando con los visitantes, por el área de carga de la enorme nave.

—No se preocupen... Estén atentos... Porque afuera los voy a enfrentar, mi SkinPhone, tiene instalado un sistema de invisibilidad, por lo cual me voy a desaparecer, entraré a la nave, sacaré un arma y los voy a pulverizar a todos —dijo Atiú.

—¡Sí, por favor señor! Hasta que alguien va a hacer algo... —dijo Ulani.

—¿Estás loco? ¿Cómo los vas a exterminar si no te han hecho nada? —Dijo Ymir, poniéndose la mano con dificultad en la herida, mientras era ayudado por un oficial y la doctora Jones.

—Kauri, desactívanos el sistema de camuflaje a todos.

—¡Camuflaje! ¿Acaso tengo camuflaje? —Respondió sorprendido.

—Sí, y hace mucho tiempo, pero ahora se tiene que desactivar…

—Está bien, padre… Ya está desactivado…

CAPÍTULO 6
EL VISITANTE YMIR CONOCE AL MAYOR JESSE MARCEL

A la salida de la nave, siendo ya un poco más de las ocho de la noche, salieron los cinco visitantes, seguidos por cuatro de los oficiales militares al mando de Carter, acompañados de la doctora Jones quien sujetaba con su mano, una pequeña gasa en el costado derecho del abdomen de Ymir. En ese instante, se encendieron más de seis grandes lámparas.

—¡Alto! Ok, eso es todo, muchas gracias, de ahora en adelante, nosotros nos haremos cargo… —Dijo el asistente Anderson.

—¿Cuál es el estado del visitante herido? —Preguntó Jesse Marcel.

—Creo que tiene un pedazo de esquirla en el costado derecho de su abdomen, necesito urgentemente una camilla —respondió Anderson.

—¿Y ahora, por qué los traen con los brazos arriba? —preguntó Marcel.

—Carter señor, Carter… Todavía cree que está en Alemania —explicó Anderson.

—Ok, la situación está así, como lo dijo mi asistente, a

partir de ahora nos encargaremos nosotros, somos de inteligencia de Estados Unidos y tenemos ordenes de darle seguimiento a esta visita inesperada. Bienvenidos a la tierra... ¿Sí me entienden? Por lo visto ya adecuaron a nuestro idioma su sistema de lenguaje interplanetario.

—¡Correcto! Yo soy Kauri...

—Yo soy Ymir y necesitamos reparar nuestro sistema de transporte, para poder salir esta misma noche de su mundo... Ah... Ella es la primer oficial Mahuru, ellos dos son mis hijos y él es un colega...

—Bueno, primero que todo, debemos atender su herida y por favor, bajen las manos, no es necesario...

—¡Señor! Yo no estoy de acuerdo con llevarse a estos intrusos, ya que son peligrosos, en el interior de la nave dos de ellos nos apuntaron a mi y a nuestros hombres con estas armas —interrumpió Carter, mostrando lo que les había quitado.

Anderson se acercó caminando hacia Carter y le quitó las dos armas.

—Muchas gracias, nosotros nos quedamos con esto —dijo Anderson.

—¿Qué? ¿Pero eso es todo? ¿Nada más así se los van a llevar? —Reclamó Carter.

—Así es sargento, por favor retire a sus hombres a un perímetro de 12 kilómetros, ¡no puede entrar ni salir nadie! —Ordenó Marcel.

—Pero señor...

—Eso es todo Carter, eso es todo... Si lo necesitamos lo vamos a llamar...

—¡Deprisa! ¡Necesitamos cinco sistemas de burbujas de vida!, ¡incluyendo el del paciente de la camilla! ¡debemos trasladarlos a la base! —Dijo gritando la doctora Jones.

—Sí doctora, a la orden —le respondió otro agente—

métanlos a las burbujas a todos antes de que se contaminen ¡de prisa!

Ymir fue trasladado en una camilla y encerrado en una burbuja transparente aislado del exterior, lo subieron a una camioneta tipo van y a los demás visitantes también les pusieron unos trajes transparentes con unos sistemas portátiles de oxígeno.

—¿Cómo vamos agente Anderson? —preguntó Jesse Marcel.

—Todo listo señor, los visitantes ya han sido enviados a la base y en este momento se está procediendo a subir los restos de la nave a los camiones para su traslado; por la mañana se hará un escaneo de todo el perímetro para evitar la presencia de curiosos buscadores de objetos del OVNI —informó Anderson.

—Perfecto agente, recuerde que no puede quedar ningún rastro, incluso el socavón que dejó la nave se debe tapar.

—Sí señor, es más, ya pedí arbustos y árboles para plantar en el lugar.

—¡Perfecto agente! Lo veo en la base a las 700 horas para su reporte final.

Bueno… así fue nuestra llegada, primero pensábamos que íbamos a estar solo una noche en este arcaico mundo, que el terrícola de nombre Marcel, nos iba a proporcionar las herramientas y los componentes que nuestra nave requería para emprender nuestro regreso a nuestro amado y entrañable Mundo.

Primero que todo, la nave fue movida del lugar y trasladada a otro sitio al cual ellos llamaban "la base", a nosotros de la misma forma nos trasladaron y sometieron a varios exámenes, muchos de ellos un tanto incómodos, tanto para Mahuru como para Ulani, quienes llamaban mucho la atención de los científicos, creo que seguramente por ser hembras y no encontrarle, sobre todo a Mahuru, rastros de que alguna vez hubiera dado a luz, eso a causa de que, en nuestro mundo, los huevos con los fetos de nuestros hijos se desarrollan en granjas y no en los vientres de nuestras hembras.

Cuando terminaron todos estos incómodos exámenes, pedí hablar con el agente Marcel, pasaron dos días terrestres sin que pudiera comunicarme con él, solo teníamos contacto con Anderson, quién marcialmente llevaba todos los protocolos extraterrestres como si hubiéramos venido a invadir su mundo, sumado a eso, el odioso comportamiento de nuestro colega Atiú a quien tuvieron que sedar, ya que en repetidas ocasiones golpeó a los científicos, enfermeras y agentes que trataban de calmarlo.

Mis hijos, Kauri y Ulani se dedicaron a entenderlos y a estudiar la tecnología que estos alienígenas, llamados por ellos mismos "terrícolas" empleaban en su mundo.

Mahuru en cambio, estaba más preocupada por la entrega de los resultados de las pruebas del sistema NGWA al consejo del gobierno mundial en Kaula, del cual ya habían pasado dos de los diez días que nos había dado el general Iorangi... Con la única ventaja que ahora, en este mundo habían pasado dos años y nos quedaban ocho años para enfrentar al general y al consejo, esto a causa de la ubicación de nuestros planetas con su sol en sus respectivos sistemas solares, bueno les explico, el sistema solar donde está ubicado nuestro mundo, Kaula, es un sistema con órbitas más pequeñas y a la vez estamos más cerca de nuestro sol, en cambio, en este sistema, las órbitas son más largas con respecto a su sol, a eso se le añade el hecho de haber pasado al hiperespacio con la velocidad NGWA, lo que nos hizo avanzar al otro extremo de nuestra galaxia, alterando el tiempo y el espacio.

CAPÍTULO 7

WALTER HAUT LE REVELA INFORMACIÓN AL ROSWELL DAILY NEWS

Mientras tanto, a las afueras del rancho del granjero Mac Brazel, este y el sargento Phillip Carter se encontraban conversando, de pronto llegó un Jeep Willy militar, del cual desciende un oficial alto y esbelto, con un elegante maletín en la mano de nombre Walter Haut, el teniente encargado de los comunicados de prensa de la fuerza aérea.

—Descanse sargento —ordena Walter Haut a Carter.

—Gracias señor.

—¿Novedades sargento?

—Señor, le explicaba por tercera vez al ciudadano Brazel que nosotros tampoco tenemos idea de la procedencia de este artefacto.

—¡Pero por lo menos déjeme pasar al lugar! ¡Recuerden que yo soy el capataz del rancho! —Reclamó el granjero Brazel.

—Con respecto a su acceso, tengo indicaciones oficiales de mi coronel Blanchard, que nadie pueda entrar a este lugar —explicó Carter.

De pronto, desde las malezas, apareció un cabo apuntando con su fusil mauser a un sujeto con las manos arriba, que portaba un traje oscuro polvoriento y llevaba una libreta verde en su mano, una vieja cámara marca pentax en su cuello y una tarjeta con la leyenda "prensa", sumida en la cinta de su viejo sombrero gris.

—Señor, lo encontré merodeando cerca del siniestro.

—¡No me pueden detener! ¡Soy de la prensa!

El sargento lo mira extrañado.

—¿De dónde me dijo que es usted?

—Soy Clarke, del Roswell Daily News ¡suélteme!

—A ver hombre, cálmese y baje las manos, primero que nada ¿por qué anda merodeando en una zona oficial y militar?

—¡A ver capitán!...

—Sargento, soy sargento.

—Bueno... Perdón sargento... Aquí entre nos, se rumorea en el poblado que acaba de caer una nave o algo así, como una bola de fuego durante la madrugada de ayer ¡y yo necesito explicaciones!

—¿Explicaciones? ¿Explicaciones dice? —Interrumpe Walter Haut.

—¡Sí explicaciones! ¡La gente necesita explicaciones! —Responde el granjero Mac Brazel, interrumpiendo también la conversación.

—A ver, antes que todo, sargento, destruya el rollo fotográfico de la cámara —ordenó Walter Haut.

—¡A la orden señor! —Respondió Carter, mientras abría el compartimiento de la cámara y extendía la película del rollo fotográfico.

—Segundo, por lo visto usted es muy terco señor, con todo respeto, así que le voy a dar la exclusiva... Es afirmativo, creemos que cayó un objeto en las tierras del rancho propiedad del ciudadano Brazel... Eso es todo, no le puedo dar más información, es lo que me autorizó a divulgar mi coronel… Solo fue un objeto no identificado.

—Pero… A ver, a ver, a ver, vamos por partes. Ese platillo volador ¿dónde está? —respondió el periodista.

—¡Yo no le he dicho que es un platillo volador! —Respondió irritado Haut.

—Bueno, pero no está identificado…

—Mmm… Este… No sabemos donde está.

—¡Mentiras se lo llevaron! En la madrugada se lo llevaron de aquí en cuatro enormes helicópteros —Exclamó el granjero Brazel.

—¿Entonces me está mintiendo? O sea… Le está mintiendo a la gente —dijo el periodista inquieto.

—Esa es toda la información que yo puedo dar… Es más, creo que incluso le dije de más… Ahora por favor acompañe al cabo que lo acercará en una unidad motorizada al poblado más cercano.

—¡Perfecto! ¡Ya tengo la nota! ¡Esto va a ser una bomba! Muchas gracias teniente Haut, entonces me retiro… ¡Ah! Y un consejo para usted señor Brazel, prepárese porque su rancho se va a desbordar de curiosos, véalo por el lado positivo, si cobra cinco centavos por visitar el lugar donde se estrelló la nave interplanetaria, amigo, ¡te harás rico! —Dijo Clarke, mientras se alejaba del lugar escoltado por el cabo.

CAPÍTULO 8
LA PRENSA REVELA EL INCIDENTE

De regreso en la oficina de Jesse Marcel, se encontraba este junto a su asistente Anderson, revisando los nuevos protocolos enviados por la oficina de inteligencia en caso de que el mundo tuviera un primer contacto; de pronto desde una vieja radio RCA Víctor, un exagerado locutor interrumpe anunciando de forma oficial y por una confiable fuente militar, lo siguiente:

> *¡Noticia de último minuto! El pasado martes 8 de julio, según un periódico local a las afueras del poblado de Roswell, en el condado de Chávez, Nuevo México, militares capturaron un platillo volante en el rancho a cargo del granjero Mac Brazel. Según fuentes no oficiales, el platillo y sus tripulantes fueron llevados a una cercana base de la fuerza aérea en Roswell... Esa es la información que tenemos hasta el momento, ¡no se pierda esta noche a las 22 horas el especial sobre el planeta Marte y el futuro de la carrera aeroespacial! Continuamos con la programación habitual.*

—¿Anderson, acaba de escuchar lo mismo que yo?

—Sí, señor.

—Esos idiotas uniformados de verde, encabezados por el oficial de prensa Walter Haut, acaban de revelar todo, ahora sí voy a tener problemas con el General Ramey, esta madrugada él se comunicó conmigo y me pidió que detuviera cualquier tipo de difusión de esta noticia, y que hoy se presentaría en la base —dijo Jesse Marcel preocupado.

—Sí señor, pero por lo visto, alguien debió darle a Haut esa orden… Seguramente fue el coronel Blanchard —comentó Anderson.

En ese momento entró a la oficina el General Ramey con gran molestia.

—¡Atención! General presente en la oficina —exclamó Marcel.

—¡Descanse mayor! —ordenó el General Ramey.

—Bienvenido señor, pensé que llegaría más tarde —dijo Marcel.

—Agente Marcel, ahórrese tanto protocolo, tenemos órdenes estrictas de Washington para que la noticia que ha sido filtrada por Walter Haut y el coronel Blanchard, sea cancelada y en su lugar se redacte un nuevo comunicado de prensa.

—No se preocupe, señor —interrumpió Anderson—, creo que tengo una idea, mire, en el protocolo número veinticuatro B dice textualmente "No se debe de ninguna manera hacer daño físico o mental a cualquier entidad alienígena que esté bajo la jurisdicción del ejército, la marina y la fuerza aérea de los Estados Unidos de América, si es que estos no presentan intenciones de invasión ni comportamientos bélicos" señor, esto nos puede ayudar para deshacernos de una vez por todas de los hombres del coronel Blanchard, que insisten en hacer esto público, porque creo, que al haberle disparado a uno de los visitantes, han violado este artículo y con eso ya podemos tener el control absoluto del bienestar físico de los cinco visitantes, acceso a toda su tecnología y dejar fuera de este incidente a estos generales que han divulgado información confidencial.

—Muy bien pensado agente Anderson, creí que la solución me la iba a dar usted, mayor Marcel e increíblemente esta vino de su ayudante.

—Gracias señor, solo cumplo órdenes y por supuesto, los protocolos que me fueron enseñados en la academia de inteligencia militar —dijo Anderson.

—Vamos a dejar el protocolo veinticuatro B para poder aplicarlo más adelante ya que eso nos ayudará a independizarnos, para finalmente incorporarnos a la nueva base aérea militar de investigación, la cual llevará por nombre Área 51... bueno, eso se los explicaré más adelante... ahora lo primordial es crear una estrategia para reemplazar el comunicado que emitieron ayer, con la información de que la fuerza aérea de los Estados Unidos, había oficialmente reconocido la existencia de otros seres en el universo —explicó con preocupación el general Ramey.

CAPÍTULO 9
LIAM CONOCE A ULANI

Al mismo tiempo, en el cuarto nivel del subterráneo de la base, dentro de una sala blanca equipada con muebles modernos para la época, la familia de Ymir se preparaba para ingerir los primeros alimentos terrestres.

—Buenas noches, soy el oficial Liam… Wow, qué hermosa… ¡Ah! Yo… Yo estaré a cargo de ustedes, lo que necesiten me lo pueden pedir a mí, por ahora les traigo su cena, bueno, no sé como le dirán en su mundo, pero aquí a esta hora cenamos —explicó un poco nervioso el oficial de inteligencia, cautivado por la belleza de Ulani mientras empujaba un pequeño carrito con alimentos para la familia.

—Gracias… Lo puede dejar ahí —le contestó Mahuru en idioma kaulaniano.

—Perdón… No le entiendo, ¿qué me quiso decir?

—¡Ah! Le dijo que muchas gracias. Lo que pasa es que mi madre, como siempre no activó el dispositivo de traductor universal de su SkinPhone —dijo Kauri.

—Escuche bien señor Liam, por el momento no queremos ingerir ningún alimento de ustedes, lo único que queremos es que nos devuelvan a Ymir —exclamó Mahuru.

—¿Ymir, señora?

—¡Sí! ¡Ymir mi esposo! ¿Dónde está? ¿Por qué se lo llevaron?

—Tranquila madre, no le grites, si no vas a asustar al alienígena y le pueden hacer daño a nuestro padre, recuerda que está herido —Dijo Ulani en kaulaniano.

—Sigo sin entender, por favor dejen de hablar en su idioma, yo estoy para ayudarles. Primero que todo, traten de cenar, nuestro chef les acaba de guisar un delicioso estofado de vacuno a las finas hierbas tipo francés ... Y con respecto a "Ymir"...

—¿Ymir? Mi padre, el segundo oficial de las milicias kaulanianas, las cuales deben de estar en camino hacia este horrible planeta para rescatarnos —dijo Ulani, corrigiendo al oficial Liam.

—Hermana, ¡relájate! —interrumpió Kauri en kaulaniano.

—Ok, no se alteren, tranquilos... El segundo oficial Ymir, está siendo atendido en la clínica de la base, ya que recibió por accidente un proyectil de un oficial militar, pero ahora se encuentra estable, ninguno de sus órganos vitales fue afectado y lo darán de alta mañana a las 900 horas, o sea, chicos ¡mañana tendrán a su papá con ustedes!

—¡Perfecto! muchas gracias, te lo agradezco —dijo Kauri mirando fijamente a los ojos de Ulani la cual también le agradeció al joven oficial.

—Y con respecto a los alimentos que nos acaba de traer, preferimos... —Mahuru es interrumpida por Ulani.

—Preferimos alimentarnos con el sistema de nutrientes que traemos —dijo Ulani mostrando una caja de color blanco la cual contenía unas pequeñas esferas verdes.

—¿Eso? ¿Eso van a comer? Pero... ¿Se van a alimentar de eso y van a desperdiciar este delicioso estofado? —dijo el oficial destapando los alimentos y mostrándolos.

—Pero ¿qué es eso? —dijo Kauri con disgusto.

—Parece el cadáver de un animal o algo así… —respondió Ulani.

—Wow… Qué asco —expresó Kauri.

—Por lo visto estos alienígenas todavía no han evolucionado, comentó Mahuru.

—Sí madre, pero trata de moderar tus palabras, y ten cuidado en cómo se lo vas a decir… Di que se ve apetitoso, pero… Por el momento, por precaución, vamos a seguir consumiendo nuestros nutrientes —dijo Kauri en kaulaniano.

—Oficial Liam…—exclamó Mahuru.

—Señora, me puede decir Liam, a secas, solo Liam.

—Ok Liam, preferimos por el momento consumir los nutrientes que mi hija acaba de mostrarle, ya que cualquier cambio en nuestra dieta, puede afectar nuestro organismo. A parte, preferiríamos a futuro proveer nuestros propios nutrientes de las máquinas replicadoras de alimento, que están en nuestra nave.

—Sí señora…

—La cual supongo está en uno de sus hangares —preguntó Mahuru.

—Afirmativo señora, afirmativo… ¡Ok! me llevo esto entonces.

—Antes de que te retires, Liam, ¿ese es tu nombre verdad? —dijo Ulani.

—Así es señorita…

—Necesitamos también, saber el estado de salud del primer comandante Atiú, ya que también es miembro de la tripulación de nuestra nave.

—¡Ah sí! ese… Mmm… Sinceramente tuvimos bastantes problemas con él… Bueno, yo no, mis compañeros, tuvieron que inyectarle un sedante y en este momento está descansando, creo que mis superiores prefieren tenerlo así…

—Si le están aplicando sedantes, eso puede ser muy peligroso para la salud de nuestro compañero, pues a pesar de que nuestro organismo es humanoide y muy parecido al de ustedes, muchos de nuestros órganos no son aptos para recibir su tipo de medicina precaria. Por lo tanto, te solicito, por favor, una audiencia con el encargado o jefe de este sector, es más, ¿cuál es el nombre del encargado de este sector? —dijo Mahuru preocupada.

—El oficial de inteligencia encargado, es el mayor Jesse Marcel, señora, él es con quien usted debe pedir una audiencia.

—Ok, sí, queremos hablar con Jesse Marcel.

—De acuerdo señora, pasaré su solicitud al oficial Anderson, quien trabaja directamente con mi mayor Marcel. Me retiro señora, cualquier cosa que necesiten, solo toquen la puerta y pidan al guardia que me llame.

—Gracias Liam… —dijo Ulani.

—Uy hermana, creo que al terrícola le agradas, bueno, más bien, le gustas.

—¡Cómo crees! Si está horrible.

—Sí, pero por como te miraba, mmm…

—Ay querido hermano, lástima que no tengo mi arma desintegradora…

—¡Tranquilos! El enemigo no está aquí, está afuera. Ahora lo importante es crear un plan, para rescatar a su padre y al primer comandante Atiú, robar la nave y regresar a nuestro hogar.

—¿Un plan, madre?, todavía no sabemos que intenciones tienen, ya escuchaste al terrícola, por lo visto están atendiendo a nuestro padre y al demente de Atiú lo tienen sedado, yo opino que esperemos hasta el siguiente amanecer, que den de alta a nuestro padre y que él nos diga cómo proceder —dijo Kauri.

CAPÍTULO 10
PLANEACIÓN DE LA CONSPIRACIÓN

Por uno de los pasillos que dan al hangar subterráneo donde se encuentra la enorme nave kaulaniana, Marcel, el general Ramey y Anderson conversan mientras caminan.

—Señor, entonces ¿qué vamos a hacer? —preguntó el mayor Jesse Marcel.

—¿Qué vamos a hacer mayor? ¿cómo que, qué vamos a hacer?, vamos a hacer lo correcto. Primero necesito que te encargues de controlar la prensa, sobre todo la local, que por lo visto, es la que está pasando toda la información a nivel nacional, según lo que me ha informado inteligencia, gracias al imbécil de Walter Haut, quien le reveló todo a Clarke del Roswell Daily Record —ordenó Ramey.

—¿Quién es él? —Interrumpe Anderson.

—Él es quien filtró toda la noticia —explicó Ramey.

—Pero, ¿quién le proporcionó la información? —Preguntó Marcel.

—Según lo que investigamos, fue el teniente.

—¿El teniente? ¿Quién? ¿Haut? —Dijo Anderson volviendo a interrumpir.

—Sí, Haut, aquí tengo su expediente… Teniente primero Walter Haut. Por lo visto él fue quien habló de más y comunicó al reportero, que sí se había estrellado una nave, pero según él, jamás mencionó que fuera un objeto no identificado, él solo dijo que era un objeto que venía del cielo —dijo Ramey—, lo que sea que haya dicho ese imbécil a ese reportero, nos está afectando. De Washington no dejan de llamarme, lo mismo de Dallas, bueno, en fin, como ya había mencionado, necesitamos crear una distracción y un nuevo comunicado de prensa…

—¿Qué hacemos entonces, señor? —Preguntó Marcel.

—Vas a llamar al mismo Walter Haut.

—¿Seguro señor?

—Sí, es una orden. Llámalo, que se presente a las 300 horas en tu oficina con un comunicado redactado de su puño y letra, en donde corrija que aquello que se estrelló en el rancho fue… No sé… Un avión… A ver… No… Un… ¡Un globo! ¡Un globo espía ruso!

—Señor con todo respeto… —Volvió a interrumpir Anderson—, si queremos que la prensa no siga haciendo preguntas, ni indagando en la zona del incidente, no creo que sea buena idea hablar de los rusos, recuerde que hace dos años fueron nuestros aliados contra Hitler… y ahora es mejor mantenerlos fuera de todo esto. En mi opinión, sería mejor decir que fue un globo, pero un globo aerostático meteorológico y punto, en una semana, como es algo aburrido lo del clima, todo se va a olvidar.

—¡Excelente Anderson! ¡Lo felicito! Recuérdeme recomendarlo para su próximo ascenso. ¡Es usted brillante! —expresó Ramey emocionado,

—Señor, conseguiré con el servicio meteorológico que nos presten un globo que no usen para destruirlo, y que el teniente Haut lo muestre a la prensa junto con uno de ustedes y ya está, asunto arreglado —concluyó Anderson.

—Perfecto, entonces, así quedamos, finalmente usted mayor y Haut se presentarán ante los medios con restos de un globo meteorológico diciendo que en Roswell eso fue lo que cayó y punto— dijo Ramey—, y a usted Anderson, le tengo un muy importante encargo, necesito que envíe una advertencia de confidencialidad a toda la prensa que difundió el primer comunicado.

—A la orden general —contestó Anderson.

—¿Está seguro señor? ¿Cree usted que se van a creer la historia del globo meteorológico?... Y otra cosa, señor... ¿Es necesario que yo aparezca en la prensa? —Cuestionó Marcel.

—Sí mayor, usted va a aparecer en la prensa, explicando y con una gran sonrisa, ¡ah! Mayor y antes de que me retire recuerde ¡es una orden!

—Está bien señor...

CAPÍTULO 11
YMIR SE RECUPERA EN LA CLÍNI-CA DE LA BASE MILITAR

Me encontraba en otra área de la base sedado por la anestesia de la operación a causa del proyectil, que ese sujeto vestido de verde me había disparado con ese extraño artefacto mecánico que había pasado rosando el costado izquierdo de mi abdomen... En mi sueño la sala parecía ser enorme, blanca y fría, extrañaba muchísimo el clima de mi querida Kaula y a mi entrañable amigo Fautabe... Además, me preocupaba mi familia... No sabía que había pasado con ellos... No sabía si estaban bien o si ellos sabían que yo seguía vivo.

De Atiú, sinceramente no me preocupaba en mi sueño, si los alienígenas lo tenían encerrado y conectado a cientos de mangueras no me importaba en lo absoluto, definitivamente él, no era un buen comandante.

De pronto, comencé a despertarme y a sentirme mejor, lentamente abrí los ojos que a ratos se me nublaban, creo que, por las últimas secuelas de la anestesia, lo primero que vi fue que la sala no era blanca, sino de un horrible color beige y no, no era enorme. Traté de levantarme, pero unas extrañas y delgadas mangueras, conectadas con unas agujas incrustadas en mi blanca piel, me impedían cualquier clase de movimiento, sumándole a esto, me encontraba totalmente desnudo, solo vestido con una ridícula tela que solo tapaba mis órganos reproductivos.

—Adelante doctora Jones.

—Gracias enfermera.

—Doctora, creo que el paciente ya se encuentra consciente.

—¡Perfecto! Enfermera, tómele los signos vitales, y usted oficial, llame por el interno a la oficina del agente Jesse Marcel y comuníquele que el visitante ha despertado de la anestesia.

—Ymir… Ymir… ¿Me escucha? ¿Cómo se siente? Joy la doctora Jones, yo estuve a cargo de su intervención, por favor responda…¡Enfermera! Retírele con mucho cuidado el oxígeno, creo que ya está respirando por su cuenta y ya abrió los ojos.

—Permiso doctora —dijo Marcel anunciando su llegada.

—Adelante, Mayor Marcel.

—¿Cómo se encuentra nuestro paciente?

—Justamente ahora se está reincorporando, creemos que la intervención fue todo un éxito, los órganos de estos visitantes no son tan diferentes a los nuestros, creo que porque son humanoides como nosotros, la diferencia solo radica en los tamaños y ubicación de estos, además de que su corriente sanguínea es muy similar a la nuestra. En el caso del visitante Ymir, su grupo sanguíneo corresponde y es muy similar al B+ terrestre, por lo tanto, en ese aspecto estábamos tranquilos.

—¡Perfecto, doctora! La felicito, muy buen trabajo, ¿ya está consciente? ¿Puedo hablar con él?

—Así es— exclama la enfermera—, pero creo que no es capaz de entenderlo.

—¡Ah! Ya sé porqué, debemos habilitar su SkinPhone —contestó Marcel.

—¿Qué cosa dice? —Preguntó la doctora.

—Es una especie de radio o algo así, con lo que ellos se comunican y traducen en su idioma lo que conversan con nosotros, Ymir ¿me escucha? Soy Marcel, su amigo ¿Me recuerda? Yo estoy a cargo de su estadía aquí en la tierra.

Ymir activó con mucha dificultad a causa del suero su SkinPhone, proporcionándole una pequeña sonrisa a Marcel.

—¿Estás bien, amigo?

—Afirmativo terrícola y una pregunta ¿desde cuándo somos amigos? No creo que mis amigos estén en este mundo, mis amigos están en Kaula, mi planeta de origen.

—Bueno, es una manera de saludarte, así nos saludamos en este mundo, ahora lo importante es ¿cómo te sientes? ¿Te duele algo?

—Está bien, sí, me siento mejor, mi familia ¿dónde está?

—Tu familia está bien, te están esperando, sobre todo tu hija.

—Ulani…

—¿Ulani?

—Señor, creo que así se llama su hija —explica la doctora.

—Sí, Ulani, ella está bien y te está esperando.

—¿Qué pasó con Atiú?

—Sé de quién me hablas, él está bien. En un principio tuvimos un altercado de seguridad con él, pero ahora está muy tranquilo e incluso preguntó por ti.

—¿Preguntó por mí? Qué raro.

—¿Por qué raro? Por lo visto es tu compañero de colonización o invasión.

—¿Invasión? Terrícola creo que estás demente.

—No, no estoy loco. Dime ¿cuál es el motivo de visitar con sus naves constantemente nuestro mundo?

—¿Visita constante? Creo que estás equivocado terrícola, en los últimos 1000 años kaulanianos, que yo sepa no hemos incursionado hacia este sector de lo que ustedes llaman galaxia, definitivamente ustedes no nos importan ni nos importarán, solo en el pasado, muy muy en el pasado, por lo que yo sé y está escrito en nuestras tablillas sagradas, nuestros antiguos maestros visitaron varios planetas de este sector, para guiarlos y ayudarlos a evolucionar espiritualmente, y luego de eso, los dejaron crecer como humanidades completamente solas sin interferir, como lo rige el código universal de planetas.

—¡Oficial de guardia! Retire a todo el personal médico de esta área, necesito hablar a solas con el paciente…

—¡A la orden señor!... Por favor señores, tengan la amabilidad de salir al pasillo…

—Cierre la puerta cabo y asegúrese de que nadie escuche esta conversación… Ahora sí… Necesitamos hablar de oficial a oficial, de militar a militar, no me estés mintiendo Ymir, empecemos de nuevo… ¿A qué se deben sus visitas constantes a nuestro planeta? Sobre todo, en las bases militares donde nosotros hemos desarrollado nuestra moderna carrera armamentista.

—¿Cómo? ¿Perdón terrícola? ¿Qué es lo que me acabas de decir? ¿Moderna carrera armamentista? No sé si oí bien o si mi SkinPhone se averió con tantos golpes…Terrícola…

—¡Marcel! Me llamo Marcel o Jesse, pero ya no me digas terrícola.

—Bueno ¿entonces cómo quieres que te llame?

—Te vuelvo a repetir, ¡Marcel o Jesse!

—Marcel está bien, es más fácil para mi traductor —contestó Ymir levantando su muñeca, debo aclararte que nosotros, o al menos los de mi mundo tenemos más de mil años kaulanianos que no los visitábamos, eso equivale a unas tres o cinco humanidades de tu planeta.

—¿Humanidades? ¿Cómo que humanidades? ¿Han habido más humanidades en la Tierra? —Preguntó Marcel asombrado.

—A ver, espera Marcel, creo que es mucha información para ti y no estoy autorizado para revelarte tanto,… Te lo voy a poner más fácil, en esta humanidad, esta es la única vez que han pisado tu planeta cinco kaulanianos y esos somos nosotros, ¿todo claro?, ahora escucha bien, porque por lo visto somos el primer contacto para ustedes, los demás visitantes a los que te refieres, seguramente son los Gamay Nga Tao.

—¿Qué?

—Aquellas horribles y calavéricas criaturas, que por lo que veo ustedes llaman grises, son los que los visitan constantemente desde hace miles de años y no se dejan ver… Pero no solamente por ustedes, sino también en otros mundos.

—Grises…

—Sí, grises.

—Tenemos reportes de ellos, pero nunca me imaginé que fueran reales,… Lo que no entendemos es a qué vienen, además de que no se ponen en contacto con nosotros nunca —aseveró Marcel.

—Amigo Marcel…

—¡Ah! ¿ya vamos a ser amigos?

—Así es… verás, estos seres son como carroñeros y según afirman nuestros antepasados, a los Gamay Nga Tao no se les puede controlar, ellos van de planeta en planeta abduciendo habitantes, para hacer experimentos genéticos y entregárselos a dioses y semidioses, obteniendo a cambio nuevas tecnologías…

—Despacio, despacio… Pero ¿y dónde está el planeta de esos grises?

—Nadie lo sabe, ni siquiera nosotros… Según lo que leí en la academia del saber de Kaula, algunos investigadores llegaron a la conclusión… Y cuidado con lo que te estoy a punto de revelar amigo Marcel, escucha bien… Somos nosotros mismos que venimos del futuro, donde nuestros cuerpos han evolucionado y han llegado al punto culminante… —explicó Ymir.

—Pero ¿cómo vamos a ser nosotros mismos? Nosotros somos altos… Y en el caso de ustedes son muy esbeltos… —Cuestionó Marcel.

—Nuestros científicos creen que nuestros cuerpos van a evolucionar tanto que nos vamos a reducir hasta volvernos calavéricos, sin orejas, sin narices y hasta muchas veces sin boca, solo con dos grandes ojos— aclaró Ymir.

—Wow… ¿Estás seguro?... Me cuesta creerlo… Tenías razón, es realmente demasiada información para poder asimilarla… Bueno y entonces ¿Ustedes vienen en paz?, ¿no nos vienen a invadir con esos artefactos voladores? —Cuestionó Marcel.

—No, claro que no… Bueno, que yo sepa.

—Tendremos que tener mucha cautela con ustedes… —Afirmó Marcel.

—¡Tranquilo! Lo único que nosotros necesitamos es que nos proporciones las refacciones, materiales y herramientas para reparar nuestra nave e irnos de su planeta con mi familia… Y lastimosamente también con el comandante Atiú, que a pesar de nuestras diferencias pertenecemos a un mismo origen y tiene que venir con nosotros, porque en realidad, fue por mi culpa, que él al espiarme en un experimento que yo estaba desarrollando y al seguirme, llegó hasta aquí, ahora el pobre está encerrado en una prisión alienígena.

—Bueno amigo Ymir, ahora es mi turno. No va a ser así de fácil tu partida hacia tu mundo, ya que, en esta base militar, solo estoy a cargo de la estadía tuya y de tu familia, te aclaro que, así como tú, yo también tengo que obedecer a un mando superior, el cual, por cierto, ya se encuentra en la base. Y querido amigo, te lo digo francamente, no creo que puedas volver pronto con los tuyos a tu planeta, al contrario, pasará algo de tiempo… Esta tarde el general Ramey que es ahora el encargado del incidente, me comunicó que están terminando de habilitar las nuevas instalaciones para poder trasladar a tu familia, a tu comandante y a ti a 1000 km de este lugar a una nueva base.

—¿Cómo? ¿Qué estás diciendo terrícola? A parte de que me reciben con un disparo al llegar a tu planeta ¿ahora nos quieren dejar detenidos?

—Amigo, cálmate…

—¡No me digas amigo! Después de todo creo que el comandante Atiú tenía mucha razón, cuando estuvo a punto de hacer estallar la nave, y yo estúpidamente me opuse en el afán de proteger la vida de tu mundo y desactivé ese dispositivo.

—Escucha Ymir…

—¡No! ¡Ya déjame! Y para ti terrícola no soy Ymir, soy el segundo oficial científico de las milicias kaulanianas.

—La verdad es que a veces no estoy de acuerdo con las decisiones que toman mis superiores, es más, en ocasiones no sé por qué ellos quieren siempre causar daño a todo lo que no conocen ni entienden —exclamó Marcel.

—Pero y mi familia… Marcel… ¿Qué va a pasar con mi familia? Nosotros solo estábamos de viaje y por causa de la explosión de una supernova, nos desviamos y llegamos a tu mundo… ¡Mis hijos no pueden estar detenidos! ¡Tenemos que llegar a un acuerdo!

—¿A un acuerdo, joven amigo? —Interrumpió el general Ramey al entrar a la habitación —¿te refieres a que podemos llegar a un acuerdo? ¿De qué están hablando?

—¡Perdón señor! No me percaté de su presencia —dijo Marcel mientras se cuadraba ante el general Ramey.

—Descanse mayor, no se preocupe, pero continúe...

—Señor, nuestro visitante nos estaba proponiendo llegar a un acuerdo, a él le preocupa la estadía y seguridad de sus hijos. Afirma que a causa de un accidente acabaron en nuestro planeta.

—¿Ah sí? ¿O sea que ya lo empezó a interrogar mayor? —Cuestionó el General Ramey.

—Bueno,... Aproveché que el visitante despertó y estábamos a solas.

—Entonces, continúe con el interrogatorio mayor —ordenó Ramey.

—¡Adelante querido amigo! Dile tu propuesta —dijo Marcel a Ymir.

—Mi familia... No quiero que la involucren, ya que el militar y científico soy yo.

—¿Científico? —Preguntaron sorprendidos Marcel y Ramey simultáneamente.

—Así es, yo soy un científico... Y uno de los más reconocidos de mi planeta, por lo tanto, les propongo lo siguiente... Me doy cuenta de que, para reparar mi nave, necesitaré algo de tiempo, por la tecnología poco desarrollada que tienen en su primitivo planeta, yo mismo tendré que intentar fabricar las piezas faltantes de mis propulsores, por supuesto con la ayuda de mi colega Atiú, a cambio, les podré ayudar respondiendo algunas interrogantes que ustedes tengan sobre tecnología... Y otra condición, nadie de mi familia deberá ser tratado como prisionero, sobre todo mi hijo menor.

—A ver señor Ymir —dijo Ramey.

—Dígame general.

—¿No cree usted que está pidiendo demasiado tomando en cuenta la situación en la que se encuentra? Mire a su alrededor, todos los que están aquí presentes en esta área científica, darían cualquier cosa por tener una milésima parte

de un cabello suyo o bien, poder cortarlo a usted en pedazos para estudiarlo, ustedes en este momento, y hablo incluyendo a toda su familia y a su arrogante amigo, no tienen
mucha opción… O se dignan a cooperar con nosotros o serán
enviados a los diferentes centros de inteligencia para que sean
estudiados como especímenes de laboratorio… ¡Eso es todo!
cabo, escolte a Ymir en su camilla al área de recuperación.

—¡General! ¡Pero no hemos terminado! —Dijo Ymir
preocupado.

—Primero te tienes que recuperar de tu operación y ordenar tus ideas y exigencias.

—¡Pero general!

—¡Retírense! —Gritó Ramey mientras sacaban a Ymir en
una camilla de la clínica de la base militar.

CAPÍTULO 12
UNA CONSPIRACIÓN DENTRO DE OTRA CONSPIRACIÓN

En la oficina asignada al general Ramey, él aún se encontraba discutiendo con Marcel.

—¡Señor! Con todo respeto creo que usted está exagerando… en la conversación que tuve antes con nuestro amigo Ymir, habíamos quedado en un mutuo acuerdo en que él cooperaría compartiéndonos parte de su tecnología, a cambio de protección para su familia durante su estadía —aclaró Marcel.

—A ver ¿escuché lo mismo que usted? Mire mayor, yo creo que la estadía del visitante va a ser por un tiempo muy prolongado y todo va a depender de como él vaya a cooperar con nuestros científicos, por supuesto, con la ayuda de usted; sabemos perfectamente que nuestra tecnología es aún primitiva en comparación a la de ellos, pero para nosotros no solo es importante el presente tecnológico, porque quizás muchos de sus avances no podrán ser incorporados ahora mismo, pero en el futuro, más o menos por el año 2000, que sé que falta mucho aún, creemos que sí los podremos implementar —replicó Ramey.

—Entonces general, ¿cuáles son las órdenes a seguir? —preguntó Marcel.

—Mayor, por el momento nuestros visitantes deberán ser trasladados a las 500 horas, en un convoy escoltado, solo con personal de inteligencia asignado al Área 51... Ah, y Anderson estará a cargo de ese movimiento —dijo Ramey marcialmente.

—Pero señor...

—¡Es una orden! Y usted mayor tiene que proseguir junto a Walter Haut con el plan frente a la prensa, una vez difundido lo del globo meteorológico...

—Pero señor —interrumpió Marcel—vuelvo a hacerle hincapié, lo del globo meteorológico no va a funcionar.

—Eso ya lo sabemos mayor.

—No entiendo general...

—Bueno, lo irá entendiendo poco a poco, terminando con esa misión usted deberá presentarse con los oficiales encargados de arte y cinematografía del ejército, que lo buscarán en la nueva base de nombre clave Área 51, para supervisar la producción fotográfica de los cinco cuerpos de los aliens que se usarán como señuelo.

—¿Señuelo? —Exclamó Marcel.

—Sí mayor, señuelos, la idea es que como la prensa y los fanáticos ya tienen conocimiento del incidente, liberaremos información extra oficial diciendo que la nave que se estrelló traía cinco tripulantes grises, de los cuales tres fallecieron en el impacto y dos más murieron a la semana de haber caído... pero esta información la vamos a dejar filtrarse entre los mandos de la base

—Señor, entonces... ¿Lo que usted está sugiriendo es que debemos mentirle a los mandos y generales de la base?

—Así es mayor, una conspiración dentro de otra conspiración...

—Wow… —Dijo Marcel dejando después un silencio atónito.

—Mayor, ¿a qué se debe ese silencio?

—Señor, permiso para hablar de manera extra oficial…

—Permiso autorizado.

—Primero que nada, le agradezco la confianza hacia mi persona por considerarme en este nuevo proyecto… Me refiero a lo de la "base 51"…

—Área 51 —interrumpió Ramey.

—Perdón, Área 51… pero la verdad general, me gustaría quedarme asignado aquí en la base de Roswell… y en lo personal, creo que los visitantes deben ser mejor tratados si queremos obtener tecnología de parte de ellos, porque por lo visto, no son simples visitantes, sino que entre ellos vienen dos reconocidos científicos. En realidad, yo no estoy de acuerdo con que se los lleven a esa tal Área 51, lo que ellos temen es que científicos sin escrúpulos asignados en ese lugar, les vayan a hacer pruebas incómodas.

—Mayor, ¿lo que usted me quiere dar a entender, entonces, es que está en contra de los avances en beneficio de nuestra nación?

—¡No señor! Yo amo mi nación y por eso justamente serví en la guerra y ahora trabajo en inteligencia militar, yo solo doy mis puntos de vista… Y creo que con el visitante Ymir he establecido una especie de amistad, la cual pienso que día a día crecerá a pesar de que él viene de tan lejos y tiene otra cultura.

—No se me ponga melancólico, la amistad que nosotros hemos dejado que prevalezca entre usted y el visitante, ha sido autorizada y es monitoreada desde mi departamento, conformado por oficiales que me notifican cada detalle de su vínculo con este alienígena, yo he autorizado esa relación en beneficio de nuestra nación y supongo que usted lo está haciendo también, para que él le revele los principales funcionamientos de su tecnología, así como información sobre el tipo de combustibles que ellos emplean en sus vehículos aéreos... Además, por eso usted fue asignado desde un principio a este caso.

—Pero señor, insisto, no es una buena idea cambiar las condiciones en las que se encuentra el visitante Ymir, eso podría afectar su estado físico. Además, ni siquiera me han notificado donde los mantendrán en esa nueva base.

—A ver mayor, por lo visto es usted muy especial. Ya me habían dado malas referencias de usted con respecto a su rebeldía hacia sus superiores, por el momento, dedíquese al cien por ciento a preparar su discurso frente a la prensa, ya que esta tarde es su debut frente a ellos... ¡Y ahora retírese mayor!. Ah, y cierre la puerta.

CAPÍTULO 13

WALTER HAUT Y JESSE MARCEL ORGANIZAN LA RUEDA DE PRENSA

En una de las barracas de la base aérea, una veintena de reporteros preparaban sus flashes y sus cámaras mientras en un cuarto aledaño, el oficial de prensa de la base Walter Haut junto a Marcel invadido por los nervios se preparaban para la rueda de prensa.

—Mayor... yo creo que debería calmarse, ya que lo único que usted tiene que hacer es posar frente a los restos del globo, además yo voy a estar a tres metros de usted por cualquier eventualidad —dijo Walter Haut.

—¿A qué se refiere Walter? Por favor, ¿de qué esta hablando? le vamos a mentir a miles de personas y tenlo por seguro, no se lo van a creer, sobre todo por el tamaño de los restos, se me hacen demasiado pequeños, comparados con la nave de 40 metros de diámetro que tenemos en los hangares.

—Tranquilo mayor, tranquilo, ¿ya se aprendió el discurso?

—Afirmativo oficial, estuve toda la tarde leyéndolo.

En medio de la conversación, de pronto se abrió la puerta y entró la asistente personal de Walter Haut:

—Señores, ya está todo listo, en tres minutos comenzamos.

—Gracias Emma, proceda a dar entrada a la prensa —ordenó Haut.

En ese momento, desde la puerta que daba acceso al cuartel general de la base, apareció el general Ramey encendiendo un enorme puro y con una gran sonrisa.

—General presente en la sala —exclamó con un grito Haut mientras se cuadraba dando un gran golpe con el talón de su zapato.

—Descansen señores y prosigan con la prensa.

Mientras la prensa se asombraba por los restos del pequeño globo que yacían en el suelo, Marcel se situó agachándose con las piernas flexionadas frente a las cámaras mientras los reporteros inundaban el lugar con innumerables ráfagas de flashes.

—¡Señor! ¡Su nombre por favor!

—Soy el mayor Jesse Marcel.

—¡Por acá señor! ¡Por favor, por acá!

—¡Levante los pedazos hacia acá!

—¡Ok señores! —Exclamó Haut—, ya tienen suficientes fotografías, ahora solo tienen autorización para cinco preguntas.

—¡Señor! En un principio la fuerza aérea dio un comunicado en el cual afirmaban que habían recuperado los restos de lo que parecía un platillo volador, ¿qué puede decir al respecto?

Marcel comenzaba a sudar y en el momento en el que iba a hablar, fue interrumpido por el general Ramey:

—Afirmativo joven, en un principio se creyó que podrían ser los restos de una nave o algo parecido, pero luego de examinarlos, nos dimos cuenta de que solo se trataba de uno de nuestros globos, específicamente del número cuatro, de un programa llamado Vuelo Mogul, sin embargo, no estoy autorizado para dar más detalles de ese programa llevado a cabo por uno de nuestros departamentos de investigación atmosférica.

—¡Siguiente pregunta! —Exclamó Walter Haut mientras Marcel, seguía en el piso tenso por la cantidad de preguntas incómodas que hacían los miembros de la prensa —¡Repito! ¡siguiente pregunta!

—Señor, entonces ¿no fue un bólido el que cayó como afirman algunos granjeros de la zona?

—Negativo, como dijo mi general, solo se trata del programa de Vuelo Mogul y el ejemplo, se encuentra frente a ustedes en las manos y en los pies del mayor Marcel —respondió Haut—, ¡siguiente pregunta!

—Un corresponsal de una cadena soviética, acaba de afirmar esta mañana, que el programa de Vuelo Mogul no tiene nada que ver con estudios atmosféricos, sino que acusan que este programa está enfocado al espionaje por medio de globos, que circulan en gran parte del territorio ruso.

—¡Ok señores! ¡Eso es todo! Recuerden que esta es una base militar y por cuestiones de seguridad nacional, no podemos contestar ese tipo de preguntas —dijo molesto Ramey.

—Así es señores, por favor tengan la amabilidad de abandonar el recinto, les agradecemos su presencia en esta rueda de prensa —dijo Haut.

—¡General! ¡Solo una última foto con los restos del globo por favor! ¡Junto al mayor Marcel señor!

—¡Gracias, general!

Finalmente, con esa incómoda pregunta hecha por ese reportero acabó la fastidiosa rueda de prensa de esa tarde.

CAPÍTULO 14

MAHURU Y SUS HIJOS
SE REENCUENTRAN CON YMIR

De vuelta en el área donde se encontraba Mahuru y sus dos hijos, escucharon como llamaron a su puerta.

—Soy yo, Liam.

—Adelante oficial —dijo Mahuru.

—Señora, le tengo una muy buena noticia, ¡ya dieron de alta al segundo oficial Ymir!

—¡Maravilloso! Qué buena noticia, ¿entonces ya lo podemos ver?

—Afirmativo, he conseguido la autorización de llevarlos a donde se encuentra recuperándose.

Mahuru con una sonrisa, avanzó por la sala llamando a Kauri y a Ulani.

—¡Hijos! El humano ha traído buenas nuevas.

—¿Qué pasó madre? —dijo Ulani.

—¡Tu padre hija! ¡Tu padre ya está bien!

Mientras Ulani agradeció a Liam con una reverencia por la nueva noticia, Kauri apareció manipulando su SkinPhone:

—¿Es verdad? ¿Nuestro padre ya está bien? ¡Qué buena noticia! Madre, he estado tratando de comunicarme con mi padre, pero mi sistema me marca que nos rodea un escudo de plomo, el cual no nos deja ni transmitir ni recibir ninguna señal.

—O sea, en otras palabras, nos aislaron encerrándonos con paredes de plomo... —dijo Ulani.

—Bueno, de lo del plomo no sé... por lo que yo entiendo, seguramente lo hacen para evitar que se comuniquen con el comandante Atiú, pero, en fin, acompáñenme ¿les parece que mejor vayamos a ver a su padre? —propuso Liam.

Mientras caminaban por un largo pasillo, escoltados por dos guardias y liderados por el oficial Liam, Kauri volvió a intentar comunicarse con Ymir:

—Padre... soy yo Kauri, ¿cómo te encuentras? En este momento vamos camino a verte, cambio, ¿me escuchas?

—¡Joven! Tengo estrictas órdenes de que usted no puede comunicarse con nadie dentro de esta base —Exclamó uno de los guardias.

—Ok, sí... Perdón, no lo volveré a hacer.

De pronto, se abrió la puerta de una habitación en donde yacía descansando Ymir.

—¡Padre! ¡Qué alegría verte! —Exclamaron Kauri y Ulani, mientras Mahuru, no podía ocultar su emoción por el encuentro.

—Los dejo un momento para que estén en familia— dijo el oficial Liam—, y usted ¡cabo! También espere afuera.

—Pero señor, tenemos ordenes de quedarnos cerca del visitante Ymir.

—Es una orden cabo, no creo que el paciente se vaya a salir por alguno de los muros.

—A la orden, señor...

Mientras Kauri y Ulani abrazaban a su padre, Mahuru preocupada dijo:

—Esposo mío, qué alegría el verte bien, estuve muy preocupada por tu salud, pensé que ya no te iba a volver a ver... creo que fue un error haber hecho ese viaje, es más, creo que yo soy la responsable, incluso, de lo que le está pasando al comandante Atiú.

—Tranquila Mahuru, nadie es culpable, solo el destino. Quizás si no hubiéramos salido en familia, igual hubiera terminado en este mundo, porque con Fautabe, teníamos programado el mismo día y hora, efectuar la prueba del sistema *NGWA* en la constelación donde ocurrió la explosión de la supernova, pero en fin, el hecho de imaginarme no poder verlos más, a ti Mahuru y a ustedes hijos, hace que la situación en la cual nos encontramos en este momento, me haga sentir afortunado ya que por lo menos seguimos juntos —dijo Ymir mientras chocaba su frente con la de Mahuru.

—Padre, madre, ¿cuándo creen ustedes que podremos irnos a nuestro planeta? Extraño mucho a Kaula, a mis maestros, a mis compañeros... ¿por qué no intentamos reparar nuestra nave y nos vamos a casa? —dijo Ulani.

—Hermana, lo que estás pidiendo va a ser difícil, ya que muchas de las piezas que se arruinaron en el momento que nos alcanzó la onda expansiva de la supernova, la mayoría las tendremos que fabricar con materiales que nos llevará un largo tiempo encontrar en este primitivo planeta.

—Así es hija, tiene razón tu hermano, nuestra prioridad es conseguir y reparar las piezas que también se arruinaron en el aterrizaje, por lo tanto, se me ha ocurrido un plan, los humanos comandados por un general al cual todos llaman Ramey, me han propuesto que a cambio de tecnología kaulaniana, ellos nos dejarán hacer una vida con menos restricciones, me refiero al acceso a laboratorios y a material, es ahí donde aprovecharé para fabricar las piezas básicas, únicamente para salir de la atmósfera del planeta —explicó Ymir.

—¿O sea que nos vamos a volver a robar la nave? —Preguntó Kauri.

—¡Silencio, hermano! La nave es nuestra... Bueno, es de nuestro planeta. Por favor, no interrumpas a nuestro padre.

—Tranquilos hijos, la idea es reparar solo las piezas con las que podamos salir a la atmósfera.

—Pero entonces, solo quieres escapar del planeta... —Dijo Mahuru.

—Así es, ya me estás entendiendo, su tecnología según uno de los enfermeros, es muy rudimentaria, todavía no cuentan con naves interplanetarias, sino arcaicos sistemas de vuelo, a los que el enfermero se refirió como aviones o algo así —dijo Ymir.

—Pero nuestro sistema de híper impulso se quemó, ¿cómo vamos a llegar a nuestro planeta? —Preguntó Mahuru.

—Miren, lo importante en este momento es que planifiquemos la forma de salir a la atmósfera de este planeta, ya que en ese lugar no nos podrán atrapar, luego enviaremos una señal a un mundo aliado a Kaula, para que vengan por nosotros y nos lleven a casa.

—Pero, padre... —Exclamó Ulani, quien es interrumpida por un guardia que abrió la puerta en compañía del oficial Liam, que entró sonriente.

—¡Listo señores! Ya es hora, me ordenan escoltarlos ahora a los cuatro a sus habitaciones en espera para que los trasladen a las 500 horas a su nueva morada, ¡cabo de guardia! Acompañe a los visitantes...

CAPÍTULO 15

EL GENERAL RAMEY VISITA EL NUEVO LABORATORIO DE ATIÚ

Por uno de los oscuros pasillos de la base venía el general Ramey escoltado por cuatro guardias, donde todo lo que se escuchaba era el golpeteo de los tacones de sus botas, las cuales surcaban los fríos pasillos subterráneos de la base. De pronto, se abrió una puerta gris con un enorme letrero que decía "Precaución: Área Restringida".

Dos de los robustos guardias se quedaron resguardando la entrada, Ramey entró a lo que parecía ser un enorme laboratorio, seguido por sus otros dos guardias.

—¿Qué le parece su nuevo laboratorio, comandante Atiú? Perdón, ¿Está bien dicho "Atiú" o "Atu"? —Dijo Ramey.

—No importa, basta con que se refieran a mí como comandante, pues, no es lo que yo esperaba, pero con el paso del tiempo, espero que me surtan todos los componentes y herramientas que le pedí al oficial Anderson, además de darme acceso sin restricciones a mi nave.

—Perdón… ¿Dijo su nave? Por lo que yo tengo entendido, la nave venía comandada por el segundo oficial Ymir, quien se encuentra recuperándose y, además, esta iba piloteada por la primera oficial Mahuru, quien tiene los códigos genéticos para reactivar la nave.

—¿A qué se refiere general? —Preguntó Atiú—, ¿quién le proporcionó esa información?

—Mire comandante, nosotros también tenemos un área científica, y un área de inteligencia y según estos que han estado trabajando en la nave, a la hora de tratar de activarla, esta pide una especie de código, o sea, una clave la cual seguramente usted no tiene... Ah, y por lo que me comentó Ulani, la hija de su colega, usted venía de polizón en esa nave, o sea que ni siquiera debería estar aquí.

—Tranquilo general, recuerde que yo estoy de su lado, solo quiero cooperar con tecnología a cambio de que ustedes me den acceso a la nave para que, como quedamos la vez pasada, podamos replicar algunos de los componentes para que ustedes le puedan dar ya sea un uso militar o comercial.

— ¡Perfecto comandante! Veo que ya nos estamos entendiendo... Prosiga con lo que estaba haciendo, ahora me retiro, no sin antes comunicarle que su colega Ymir y su familia, serán reubicados en una nueva base que se acaba de crear, por lo tanto, a partir de mañana ellos ya no estarán aquí en Roswell.

—Pero... ¿Y yo general? ¿Qué va a pasar conmigo? —Cuestionó Atiú.

—Una vez que Anderson tenga listas las nuevas instalaciones que albergarán toda la tecnología alienígena, bueno, alienígena para nosotros —dijo Ramey con un aparente sarcasmo—, él personalmente lo trasladará a usted y a todo su laboratorio a la nueva base.

Mientras terminaba de hablar Ramey, dio la vuelta y se retiró del laboratorio dejando a dos de sus guardias a la entrada de este.

CAPÍTULO 16
ANDERSON LE COMUNICA A MARCEL EL NUEVO CAMBIO DE MANDO

Mientras caía la noche, en su oficina, el mayor Jesse Marcel se encontraba revisando los reportes de la rueda de prensa en compañía del oficial de prensa Walter Haut quien sostenía entre sus manos varios periódicos:

—¿Qué le parece señor el cómo se manejó a la prensa? ¿ya vio los titulares? ¡fue todo un éxito! Creo que nuestro jefe el general Ramey estará muy satisfecho de nuestro trabajo... —Dijo Walter Haut.

—Tranquilo Walter, no vaya a creer que, porque salieron unos cuantos titulares, los cuales usted sabe muy bien, y no quiera negarlo, fueron publicados porque la prensa fue amenazada... Sin embargo, apostaría que otros medios no se tragaron este circo que hicimos con lo del globo Mogul— replicó Marcel con seriedad.

—¿Amenazados mayor? No entiendo ¿por qué tendríamos que amenazar a la prensa...?

En ese momento la puerta de la oficina se abrió y entró la secretaria de Marcel:

—Disculpe que lo interrumpa, señor, pero el ahora mayor Anderson, insiste en hablar con usted.

—Gracias Ellen, en un momento lo atiendo... Ok oficial Walter, eso es todo, deje los periódicos sobre aquella mesa y mañana a primera hora continuamos.

—A la orden mayor —dijo Haut antes de salir.

Anderson entró a la oficina:

—Buenas noches mayor, pasé a saludarlo y al mismo tiempo, quería darle las gracias por haberme dado la oportunidad todo este tiempo de trabajar junto a usted.

—No se preocupe... Muchas felicidades por su acenso, mayor... No deja de sorprenderme.

— ¿Por qué Marcel? ¿Acaso cree usted que no me lo merecía?

—No es eso... Solo me sorprendió el hecho de que usted de ser un simple asistente, ahora de pronto, y de la noche a la mañana, ya es mayor. Además de quedar a cargo de la seguridad de la nueva base, nombrada con clave Área 51.

—Así es mayor, por lo visto el general Ramey a la hora de elegir al encargado de seguridad decidió seleccionarme a mí, creo que fue por mis conocimientos, mis decisiones y mi experiencia.

—Está bien mayor, lo felicito, pero ahora lo que me interesa es saber cuáles van a ser los protocolos de traslado de los visitantes, que tengo entendido, está programado para las 500 horas... Por lo que me dijo el general y por lo que me está confirmando, usted estará a cargo de eso... Pero insisto, con lo que no estoy de acuerdo, es que se lleven al visitante Ymir, el cual definitivamente no se encuentra en condiciones físicas de viajar por esos 1000 km que separan ambas bases.

—En eso sí estoy de acuerdo con usted Marcel, pero las ordenes del general son muy claras, se deben trasladar a las nuevas instalaciones, a los cuatro alienígenas que conforman a la familia.

—Pero ¿qué va a pasar entonces con el visitante de nombre Atiú?

—¡Ah, Atiú!… Mmm… Todavía no está en condiciones para acompañar a sus colegas, ya que volvió a tener un altercado con uno de los guardias, el cual fue trasladado de urgencia a la clínica de la base.

—Pero ¿qué va a pasar con él?

—No lo sé, por el momento se encuentra sedado, y mayor, otra cosa, tengo órdenes para comunicarle, que, a partir de las 0 horas de esta madrugada, su relación con el alienígena Ymir será supervisada por mí, y deberá comunicarme cualquier acercamiento entre ustedes; en resumidas cuentas, a partir de esta noche usted obedecerá mis órdenes.

—Perdón… ¿Ahora lo obedeceré a usted?

—Así es mayor, de hecho, por esa amistad que tiene con el alienígena, estará asignado temporalmente como encargado de vincular a Ymir y a toda su familia con las costumbres y el entorno terrestre, en otras palabras, será una especie de anfitrión, les dará acceso a algunas áreas de la nueva base, principalmente a la mujer alienígena de nombre Mahuru, quien en innumerables ocasiones, pidió acceso a los replicadores de alimentos que se encuentran en su nave siniestrada, ya que hasta el momento, no se han adaptado a nuestra comida y ella insiste, en usar esos replicadores, que para ser activados requieren de su código genético… Lo que también activa el resto de la nave.

—De acuerdo mayor, si esas son las órdenes, estoy dispuesto a seguirlas.

—Así es Marcel, las tiene que seguir, y al pie de la letra, si no quiere enfrentarse a un consejo.

—No se preocupe, Anderson, ahora disculpe, pero tengo

que terminar unos informes vinculados a la prensa y luego visitar a Ymir y su familia.

—Perfecto mayor, creo que ya nos estamos entendiendo y créame, que no por el hecho de que ahora soy su jefe significa, que no estoy agradecido de todo lo que aprendí con usted, ahora me retiro, nos vemos a las 500 horas en el hangar 22, para salir con el convoy.

CAPÍTULO 17
ÚLTIMA VISITA DE MARCEL A YMIR EN ROSWELL

Esa misma noche en el cuarto nivel del subterráneo de la base se encontraba Ymir junto a su familia en el recinto número 22, cuando inesperadamente tocaron la puerta.

—Buenas noches amigo Ymir, soy Marcel, Jesse Marcel, ¿puedo pasar?

—Padre, es el terrícola… ¿Qué querrá ahora? —Dijo Kauri.

—Seguramente traen sus incomibles alimentos de nuevo —dijo con disgusto Ulani.

—Silencio hijos, retírense a sus áreas de descanso, necesitamos hablar con el terrícola —ordenó Mahuru.

Mientras el mayor Marcel, volvía a hacer el intento de tocar la puerta, Mahuru le permitió la entrada:

—Adelante mayor.

—Buenas noches Mahuru, disculpen la hora… ¿Qué tal Ymir?...

Mientras Ymir volteó a ver a Marcel, este exclamó sorprendido:

—¿Pero que le pasó a tu cabello, amigo?

—¿Por qué?

—Por tu color… Está diferente, ustedes son muy…Muy… No sé como decirles… Muy claros… Tu cabello es claro, tu piel es clara, tus ojos son azules… Pero ahora tu cabello pasó de ser blanco a ser castaño oscuro y tus ojos se volvieron verdes.

—¡Ah! a eso te refieres mayor, es solo un cambio que vamos a hacer en nuestra apariencia, con la ayuda del procesador de genes que Ulani nos compartió por medio de los SkinPhone, se trata de un transformador que usan normalmente las jóvenes kaulanianas; por lo que vi en una revista de nombre LIFE, que le obsequió el oficial Liam a mi hija Ulani, creo que ustedes aquí en tu mundo le dicen "moda" o algo así.

—¿Pero para qué el cambio?

—Mira mayor, según el acuerdo que hicimos con tu general, vamos a tener acceso al laboratorio y a trabajar para poder intercambiar nuestra tecnología con la terrestre, como me voy a tener que relacionar con otros científicos, no quiero que se me queden viendo con la boca abierta, como si yo fuera un exótico espécimen cada vez que intercambie conocimientos con ellos, además, con esta nueva apariencia, mis hijos pasarían desapercibidos, incluso podrían asistir a eso que ustedes llaman colegio, aunque sea aquí dentro de la base.

—Ah bueno, si es por tus hijos estoy de acuerdo, pero eso lo de la escuela tendríamos que pedir autorización a Anderson, dado que el mayor recibe órdenes directas del general Ramey, quién solicitó tu traslado junto con tu familia a un nuevo sitio, de nombre Área 51.

—¿Pero por qué? ¿Quieren volver a experimentar con nosotros? —Preguntó Mahuru alterada.

—Tranquila Mahuru, nada más los quieren llevar a un lugar, donde ustedes puedan estar más a gusto y así poder transmitir de mejor forma sus conocimientos a los hombres del general… Personalmente no estoy de acuerdo con su traslado a esa nueva base, por eso, ya me peleé con el general y con el nuevo mayor Anderson. y me advirtieron, que si seguía obstruyendo sus órdenes, me llevarían ante un consejo militar.

—Consejo…. Sí, ya sé de lo que estás hablando mayor, esa palabra es muy familiar para mí… —Dijo Ymir.

—¿A qué te refieres?

—Más adelante te lo platicaré.

—¿Entonces? ¿Quiere decir que ya nos vamos de aquí, mayor? —preguntó Mahuru.

—Sí, pero no esta noche, será en la madrugada, dentro de seis horas más.

—Mahuru, esposa mía, creo que el alienígena nos quiere ayudar, según mi SkinPhone, los latidos de su segunda mente indican que no nos está mintiendo, creo que de verdad tenemos que confiar en él… Y otra cosa, me parece que nuestro colega Atiú, no está sedado como nos hizo saber el oficial Anderson —dijo Ymir, hablándole a Mahuru en kaulaniano.

—Perdón, ¿Qué dijeron? No les entendí… Recuerden que yo no poseo ese aparato que ustedes tienen en su muñeca, así que procuren comunicarse con su traductor… Bueno, como les decía, a las 500 horas… Quiero decir, esta madrugada vendrá el mayor Anderson por ustedes y se los llevará en unos transportes especiales a su nueva morada.

—Pero ¿usted vendrá con nosotros? —Dijo Mahuru.

—Tranquila primera oficial Mahuru, yo también estaré presente y los acompañaré, me han asignado a ser su vínculo con el entorno en la nueva base.

—Ya oíste al mayor, él nos va a ayudar.

—Bueno, me retiro, nos vemos a las 500 horas.

—Sí mayor.

—Que descansen.

—Igualmente.

CAPÍTULO 18
SALIDA A LA NUEVA BASE DE NOMBRE CLAVE ÁREA 51

Eran aproximadamente las cinco de la mañana, una leve llovizna caía en el lugar, cuando aparecieron tres vehículos militares color negro sin número de identificación ni placas, iban escoltados por cuatro Jeep equipados con metralletas "Punto 30", los cuales se detuvieron frente al hangar número 22, en ese momento, de uno de los camiones descendió un batallón de oficiales que portaban uniformes oscuros y se encontraban fuertemente armados, estos se formaron frente a la entrada principal, de pronto, salieron caminando desde el interior del hangar Mahuru, Kauri y Ulani además de Ymir en silla de ruedas, ayudado por uno de los guardias de la clínica, todos ellos escoltados por Anderson y Marcel.

Los visitantes abordaron una de las camionetas blindadas, siendo estos acompañados por el mayor Jesse Marcel, acto seguido, Anderson abordó uno de los Jeep. El convoy partió y fue en dirección de la entrada principal de la base aérea de Roswell, la barrera de seguridad se abrió y salieron con rumbo a Nevada.

Mientras tanto, en el interior de la camioneta donde viajaba Ymir y su familia:

—¿Cómo te sientes Ymir? —preguntó Marcel.

—Me siento bien, solo un poco cansado, anoche no pude conciliar el sueño, aún no nos terminamos de acostumbrar a los horarios de tu mundo, los cuales son completamente diferentes a los de Kaula, además, tenemos problemas con la comida, ya que las raciones que traían nuestros trajes de vida, se están terminando y requerimos urgentemente acceso a los replicadores de nuestra nave.

—No te preocupes, lo del acceso a la nave, específicamente a los replicadores, lo resolveré en cuanto nos establezcamos en la nueva base.

—Mayor, ¿me podrías responder una pregunta? —interrumpió Kauri.

—Adelante hijo.

—Bueno, aunque esta no es la pregunta, ¿por qué me dices hijo? ¿a caso ahora vamos a ser miembros de la misma casa?

—Pero ¿qué dices, hijo? —exclamó Marcel sonriendo— en nuestro mundo, es normal que cuando un adulto se refiere a un joven o a un niño, le diga hijo a pesar de que no sea biológicamente suyo.

—Ah ok, ya entendí, es lo bueno de ser tan inteligente —presumió Kauri.

—¿Y la segunda pregunta? Creo que tenías otra pregunta joven Kauri.

—Así es, mi pregunta se basa en el género climatológico de tu mundo, curiosamente llamado Tierra —dijo Kauri sonriendo.

—Adelante Kauri, pregúntame.

—Tal vez, quizás para ustedes sea normal, como que para nosotros en Kaula las nubes sean de cristal, pero ¿por qué cae agua del cielo en su mundo? Estuve investigando en otros mundos clase M cercanos a tu planeta y tampoco en ellos sucede este fenómeno climatológico.

—Perdón, ¿a qué te refieres con otros mundos cercanos? ¿Me quieres decir que hay mas mundos como el nuestro cerca de nosotros?

—Bueno, sí, pero en realidad no tan cerca para su tecnología.

— ¿A qué te refieres con "nuestra tecnología"? Si en realidad estamos muy avanzados, ejemplo, venimos de ganar la segunda guerra mundial y lo hicimos con la bomba atómica creada justamente aquí, en Roswell.

—Ok mayor, pero no me has respondido a cerca del agua.

—Ah sí, esto se llama lluvia y en realidad sí es agua cayendo del cielo como tú dices, en nuestra atmósfera existen nubes cargadas de agua en forma de vapor, que se forman a través del calor de nuestro sol, esta condensación se convierte en pequeñas gotas que se precipitan a la superficie de nuestro planeta —explicó Marcel.

—Pero entonces esa agua moja todo a su paso, gente, casas, naves… no entiendo, ¿cómo hacen para vivir todos mojados?

—Para nosotros es indispensable el agua del cielo como tú dices Kauri, ya que esta hace crecer la vegetación de los campos, el aire de nuestras ciudades se limpia a través de la lluvia y lo más importante, sirve para beberla luego de purificarla, en pocas palabras nos da vida

—Es increíble que ustedes humanos convivan con un fenómeno climatológico tan extremo y se refieran a él como una necesidad prácticamente biológica… muy interesante mayor… creo que lo seguiré estudiando…

—Me parece excelente, y ahora en las nuevas instalaciones donde residirán, podrás tener acceso a los laboratorios de investigación y ahí podrás resolver tus interrogantes con tu padre.

—Muchas gracias mayor Marcel.

—Ymir, hablando de laboratorios, seguramente debes extrañar el tuyo en Kaula, toda esa tecnología inimaginable... cuéntame amigo ¿en qué estabas trabajando antes del accidente? Podemos conversar ya que este viaje será un poco largo —dijo Marcel.

—¿Viaje largo? Bueno, yo creo que sí lo será, sobre todo a bordo de este transporte con ruedas —dijo Ymir sarcásticamente mientras volteaba a ver las sonrisas de sus dos hijos.

—Bueno, sí... seguramente ustedes jamás viajaron en algo tan primitivo como esto, pero no me contestaste la pregunta, ¿en qué proyecto estabas trabajando?

—Está bien, ya que insistes tanto, humano curioso, te contaré, me encontraba trabajando con mi gran colega Fautabe, considerado uno de los mejores genios investigadores de portales interdimensionales y de lo que ustedes llaman hoyos negros en los multiuniversos.

—Qué interesante, Ymir... pero sígueme contando por favor.

—Ya que los dos éramos científicos e investigadores miembros de las milicias kaulanianas, nos encargaron desarrollar nuevas formas de acelerar los viajes interestelares, esto para ser usado en caso de un conflicto bélico, fue debido a eso que nos encontrábamos desarrollando un nuevo sistema de hiperimpulso de nombre NGWA, el cual opera a través de la energía cósmica que hay en todo el universo, haciendo funcionar con mucha más energía y potencia, los propulsores magnéticos de una nave; como te explicaba la vez pasada, nuestras naves viajan gracias a la polarización opuesta al magnetismo del universo, me explico, el universo está compuesto por energía positiva y nuestras naves poseen unos sistemas de propulsión que activan polos negativos y estos, al estar controlados por una computadora a bordo, nos permite saltar al hiperespacio a velocidades inimaginables para ustedes.

—¡Woaow… qué interesante!, en verdad me siento afortunado y a la vez triste, por no poder compartir con el resto de mi mundo, esta gran experiencia de haberlos conocido y vivir estos momentos con ustedes tan de cerca.

—Gracias, mayor, por tus hermosas palabras —dijo Mahuru agradecida.

—De nada, Mahuru, pero continúa, amigo, por favor.

—Cuando finalmente Fautabe y yo logramos terminar el dispositivo NGWA, lo instalamos a una de las naves militares de caza furtiva, de hecho, es justamente la que tienen incautada ahora en su nueva base denominada Área 51… a la cual ustedes nos llevan en este momento sin nuestro consentimiento.

—Tranquilo, tranquilo, recuerda que, de ahora en adelante, yo estaré pendiente para que nada malo les pase, pero por favor, te lo repito, continúa… es que está muy interesante la historia, tanto que se debería escribir un libro sobre ello.

—¿Un libro? ¿Qué es eso? —Preguntó Ymir.

—Padre, después te explico qué es un libro… —interrumpió Kauri.

—Como te iba contando, el dispositivo NGWA ya estaba a punto de aprobarse, solo faltaban dos pruebas, una la logré probar, viajando con mi familia a un mundo cercano a Kaula y solo nos faltaba una segunda prueba, la que consistía en saltar al hiperespacio a través de la apertura de un portal interdimensional, pero para esto, necesitábamos en los siguientes días y con la aprobación del general Ihorangi, saltar a otro universo… Fue ahí cuando nos sucedió el accidente que nos trajo a tu mundo.

—A ver espera, no vayas tan rápido, es que no entiendo… ¿el accidente les sucedió después o antes de probar el dispositivo en un portal interdimensional?

—Por supuesto que fue antes o si no, no estaríamos aquí en tu planeta, te explico, lo que pasó, cuando nos disponíamos a regresar, después de haber pasado unos días kaulanianos en Mundo Paraíso, hizo explosión una súper nova ubicada en la constelación Kahui Whetu, cuya onda expansiva nos alcanzo y lanzó hasta este sector de la galaxia, eso por supuesto, fue gracias al dispositivo NGWA que con mi colega Fautabe habíamos construido…

—Perdón que te interrumpa, pero ¿por qué tu amigo Fautabe no venía con ustedes? Y además ¿por qué Atiú venía también en su nave?

—A ver humano, tranquilo, no tan rápido, te aclaro, la nave no es nuestra, solo la pedí prestada para…

—¡¿La nave no es tuya?! —interrumpió Marcel.

—Así es terrícola, mi padre la hurtó o robó, creo que así lo dicen ustedes—dijo Ulani.

— ¡Silencio Ulani! —exclamó Mahuru.

—Perdón madre…

—Bueno, la pedí prestada, solo para probar que el sistema NGWA funcionaba, y como también quería obsequiarle un viaje a mi amada esposa, Mahuru, aproveché de instalarle a una de las naves de clase caza furtiva tipo Koriri, el nuevo sistema de propulsión, entonces, Fautabe me sugirió utilizar la misma nave para efectuar los dos viajes, pero como era un viaje en familia, insistió en no acompañarme… que pensándolo bien y ante la situación en la que ahora nos encontramos, creo que fue muy afortunado.

—Está bien, ya entendí… pero Atiú, este personaje, ¿por qué apareció en tu nave?

—Este personaje, como tú le llamas, es descendiente de una tradicional familia kaulaniana, su padre fue un destacado físico militar al igual que su madre, siendo estos muy respetados por la sociedad y el gobierno kaulaniano… lo que no se entiende, es el voraz apetito por el poder y la avaricia que este notable científico a veces emana, en fin, fue por esa razón, que después de darse cuenta que nuestro dispositivo iba a ser aprobado y finalmente instalado en la mayoría de las naves militares de nuestro ejército, decidió acusarnos con falsas evidencias, de que nuestro dispositivo no funcionaba al 100 % ante el consejo mundial kaulaniano, encabezado por el general Ihorangi, quienes rechazaron de forma terminante su falso testimonio, después de eso, Atiú decidió subirse clandestinamente a la nave para sabotear nuestro proyecto, y así fue que también terminó siendo víctima del accidente aquí en Roswell.

—Qué interesante y a la vez audaz historia… ahora será mejor que descansen, aprovechemos que la lluvia se detuvo. Recuerden que nos espera un largo viaje todavía —dijo Marcel.

Mientras el convoy se alejaba en dirección a Nevada, en el hangar número 13 de la base de Roswell, personal de seguridad e ingenieros se alistaban para el traslado de la enorme nave kaulaniana.

—Buenos días general Ramey.

—Dígame capitán.

—Señor, como usted ordenó, el vehículo aéreo y los cuatro helicópteros Piasecki HRP que lo transportarán a la nueva base, están listos para empezar maniobras de ascenso.

—Perfecto capitán, proceda con la extracción de la nave antes de que amanezca.

—¡A la orden general!

CAPÍTULO 19
LLEGADA AL ÁREA 51

Eran aproximadamente las 4:00 de la tarde, cuando el convoy comandado por el nuevo mayor Anderson, hacía su arribo a la caseta del primer control de seguridad de la enorme base, de nombre clave Área 51.

—Bienvenido mayor, soy Kowalski, oficial de seguridad, estamos a sus órdenes señor.

—Descanse sargento. Dígame, ¿ya arribó el vehículo aéreo transportado por los helicópteros Piasecki HRP?

—Afirmativo señor, su arribo fue a las 800 horas de esta mañana.

—¿Alguna novedad al respecto?

—Ninguna, señor. La nave aterrizó en perfecto estado, lo mismo los helicópteros que la transportaban.

—Perfecto sargento, no perdamos más tiempo, abra la barrera.

—¡A la orden señor! ¡Cabo, proceda a levantar la barrera!

Mientras tanto, en el interior de la camioneta donde viajaba Jesse Marcel junto a Ymir y su familia:

—Padre, madre… ¡Creo que ya llegamos al destino! —exclamó Kauri en idioma kaulaniano.

—Perdón, no entendí lo que dijo el niño —dijo Jesse Marcel.

—¡Ah! Dijo que ya llegamos a la base —explicó Ymir.

—Creo que sí, porque nos detuvimos por un momento en un control y continuamos.

—Amigo Marcel, perdón, mayor... insisto, me preocupa la seguridad de mi familia y la mía, no quiero que nos vean como unos especímenes de laboratorio como Ramey nos considera...

—Con tu nuevo look, el de tu familia, además de tu acento, pasarán prácticamente como si fueran de algún país del norte de Europa, así es que no te preocupes, además, yo estaré pendiente de tu estadía, así son las órdenes que me fueron designadas... y a propósito, gracias por llamarme amigo, ah, y por cierto, amigo, extraoficialmente pedí el traslado del oficial Liam a esta base que creo que ha entablado una amistad muy particular con tus dos hijos.

—¿Escuchaste hermana? Ya no tienes que sentir tristeza, Liam no se quedó en Roswell, va a estar aquí con nosotros —dijo Kauri.

—¿Perdón? ¿Hay algo que me quieran comentar al respecto? —preguntó Marcel.

—Negativo mayor, usted sabe que los niños, por lo visto, en todos los mundos tienden a ser exagerados, seguramente lo mismo pasa con los niños y jóvenes acá en su mundo. Y dígame, mayor, ¿usted en su casa, tiene descendencia? —Interrumpió Mahuru.

—Perdón... ¿Descendencia? ¿A qué se refiere?

—Hijos, madre, ¡hijos! Así le dicen ellos también —exclamó Ulani.

—No se preocupen, ya lo entiendo. Sí, claro, por supuesto que tengo descendencia, Michael y William, esos son sus nombres, y no se preocupen, entiendo el comportamiento de los adolescentes. Referente a la amistad entre Liam y sus hijos, me parece sorprendente y a la vez exótica, pero bueno. Creo que el convoy se volvió a detener.

—¡Así es mayor! —exclamó Kauri.

De pronto, un oficial de seguridad abrió la puerta del costado de la furgoneta y apareció Anderson con una leve sonrisa sarcástica:

—Señores, bienvenidos a su nuevo hogar. Continúan ustedes oficialmente detenidos.

—¿Ya terminó mayor?, ¿podemos descender del vehículo? Recuerde que no importa el planeta del que vengamos, todos los seres tenemos necesidades biológicas —interrumpió Marcel.

—Así es mayor, y muchas gracias por su aclaración —dijo Mahuru.

—Sargento Kowalski, escolte a los visitantes a su nuevo hogar —ordenó Anderson.

—A la orden mayor —contestó Kowalski.

—¡Un momento mayor Anderson! —Exclamó Marcel —¡Sargento!

—Kowalski señor, soy Kowalski.

—Déjenos tres minutos solos —dijo Marcel.

—Señor, sí señor —exclamó Kowalski.

Mientras Anderson era invadido por la curiosidad, Marcel abrió su portafolios y sacó un documento el cual entregó en las manos de Anderson.

—¿Qué es este documento, mayor? ¿A qué está jugando? —Preguntó Anderson.

—No, no estoy jugando mayor, son las nuevas órdenes, en las cuales me otorgan a mí la responsabilidad de la estadía del visitante de nombre Ymir y de su familia en las nuevas instalaciones de nombre clave Área 51 y está firmado por el general y autorizado por el pentágono… Pero léalo.

—Está bien mayor, entonces, ¿qué es lo que usted sugiere?

—Debe saber que, Ymir y su familia de hoy en adelante ya no serán escoltados por un escuadrón de oficiales de seguridad, sino por una o dos escoltas. En el caso de los niños, será el cabo primero, recién ascendido de nombre Liam, quien los acompañará en sus tareas domésticas, como estudios de la lengua e historia universal, el cual solamente se reportará conmigo.

—Ok mayor ¿algo más?

—Sí mayor, así mismo, a partir de hoy, nadie en esta base debe saber el orígen de nuestros visitantes, es más, ellos tendrán nuevas identificaciones y gafetes para los laboratorios con los niveles de seguridad que solo les permitirán tener acceso, de su vivienda a los lugares de trabajo y estudio, por supuesto, no tendrán acceso a los hangares subterráneos donde se encuentra el vehículo aéreo en el cual llegaron.

—Mire mayor, no estoy de acuerdo con estas órdenes, pero si vinieron de mi general Ramey, procuraré acatarlas... pero recuerde mayor, que siempre los estaré vigilando, el jefe de seguridad de la base soy yo, así que, por favor, comenzando por usted, hágame el favor y póngase su gafete y nivel de seguridad visible para todos.

—Aquí están sus pasaportes —exclamó Marcel sacándolos de su viejo portafolios— Acérquese Ymir, de hoy en adelante su nombre es Ymir Svendsen, usted viene de Noruega con su familia, es usted un reconocido científico que se refugió en nuestro país, después del final de la guerra, a causa de la invasión que tuvo su país por el ejército alemán.

—Gracias mayor —contestó Ymir con una leve sonrisa.

—Aquí están los documentos de su familia con sus gafetes y por favor, no olviden colocarse estos en un lugar visible, recuerden las órdenes del mayor Anderson, es el jefe de seguridad de la base, y no quisiéramos hacerlo enfadar.

—Está bien mayor, no es necesario exagerar mis órdenes, menos delante de los niños visitantes.

—Ulani y Kauri Svendsen, esos son sus nombres —dijo Marcel.

—¿A qué se refiere? —Preguntó Anderson.

—Así se deben de referir a ellos de ahora en adelante, recuerde las órdenes, mayor.

—Está bien —afirmó Anderson de forma incómoda.

Mientras Anderson, sin despedirse se dio la vuelta y se retiró con su escuadrón de seguridad, Marcel, junto a dos guardias de seguridad, le daban la bienvenida a Ymir y a su familia.

—Señores, bienvenidos a su nuevo hogar, están en la base de nombre clave Área 51, y no, no están arrestados —dijo Marcel sonriente.

Ymir y su familia acompañados por el mayor, Jesse Marcel y escoltados por dos guardias, ingresaron a las nuevas instalaciones de la base, sintiéndose por primera vez desde su llegada a ese extraño mundo, un ambiente sin presión, a pesar de seguir cautivos por el gobierno.

CAPÍTULO 20
DE VUELTA EN KAULA

Mientras tanto, a 1270 años luz de la Tierra, dentro de la estrella llamada Alnitak, donde se ubica Kaula, el planeta de origen de Ymir y su familia, se encontraba en el laboratorio Fautabe, el colega y amigo de toda la vida de Ymir, quien recibió por medio de su SkinPhone una llamada de un usuario no registrado:

—Saludos tercer oficial Fautabe, le habla Pounamu, ayudante del general Ihorangi, jefe de las milicias kaulanianas, el general requiere una reunión con usted en los jardines cercanos a Arona, la hora y la ubicación se la enviaré vía SkinPhone, terminando esta llamada.

—Disculpe, ayudante Pounamu... ¿me podría decir si el motivo de esta reunión incluye el extravío de mi colega y amigo Ymir de la casa de Yanai y su familia?

—Lo lamento, tercer oficial científico, pero no estoy autorizada para contestarle esa pregunta. Y recuerde, Fautabe, que esta reunión es extraoficial.

—Mis saludos al general, infórmele que con gusto asistiré a esa reunión, solo quedo en espera de la información del lugar y la hora.

Al día siguiente, mientras Fautabe se encontraba en el

hangar principal trabajando en un prototipo de rastreo de señales universal, junto a Nyree y Ruihi, dos de sus asistentes, recibió una alerta:

—Señor, ¡su muñeca! —Exclamó Ruihi.

—¿Qué pasa con mi muñeca, ayudante? —Preguntó Fautabe.

—Creo que tiene un mensaje, señor.

—Está bien. Nyree y Ruihi, sigan armando los conectores del sistema de rastreo universal, al rastro que va dejando la nave de Ymir, pero por favor, tengan mucha precaución, recuerden que es nuestra última esperanza para encontrarlos. Voy a salir un momento y regreso.

—A la orden, oficial científico Fautabe —respondieron Nyree y Ruihi.

Tiempo después, a orillas del lago cercano a los jardines de Arona, se encontraba el general Ihorangi con Fautabe.

—Te saludo, general Ihorangi de la casa de Arama —dijo Fautabe.

—Yo también te saludo, Fautabe de la casa de Akona y amigo de Ymir —respondió el general Ihorangi.

—Estoy a sus órdenes señor. Ya me imagino el motivo de esta reunión.

—No es necesaria tanta formalidad, querido amigo, recuerda que esta reunión es extraoficial.

—Gracias, general.

—¿Tienes alguna novedad con respecto a nuestro amigo Ymir?, lo último que supe, según las bitácoras del hangar, fue que el segundo oficial Ymir, tomó una nave, clase caza furtiva tipo koriri, y salió en dirección de la constelación Borealis, eso, querido amigo, es lo que las bitácoras señalan, pero seguramente no fue así, ¿tienes tú alguna información importante que yo deba saber?, recuerda que mi casa, con la casa de Ymir, han sido amigas desde los primeros tiempos.

—Señor, extraoficialmente, sí, es afirmativo... mi compañero Ymir, Mahuru, Ulani y Kauri, se fueron a bordo de una nave, clase caza furtiva tipo koriri, con el objetivo de probar nuestro sistema de hiperimpulso NGWA. Tomando en cuenta, que usted nos había dado solo diez amaneceres para comprobar el funcionamiento de este proyecto, yo aconsejé a Ymir de utilizar la nave en la que habíamos instalado el nuevo sistema, aprovechando que iba con la primer oficial piloto Mahuru, y que tenían programado un viaje a la constelación Borealis por su aniversario de bodas, solo que surgió un problema...

—¿Qué problema, mi buen amigo Fautabe?

—Señor, desde que salieron de Kaula, los rastreamos y tenemos todos sus registros de vuelo hasta Mundo Paraíso...

—¡Mundo Paraíso! ¿Se fueron a Mundo Paraíso en una nave militar? —Interrumpió Iorangi.

—Tranquilo señor, recuerde que era su aniversario de bodas y mi amigo Ymir le tenía prometido a Mahuru llevarla de viaje... y como usted comprenderá, en el momento en el que el primer oficial Atiú, nos acusó con el consejo, la cabeza de mi amigo, creo yo, se bloqueó y olvidó ese importante viaje...

—Ya me imagino y usted le aconsejó sacar una de nuestras naves militares —volvió a interrumpir Iorangi.

—Bueno, sí señor, pero recuerde que todo esto se hizo por el beneficio de la ciencia, para las milicias kaulanianas.

—Ajá sí, pero ¿qué pasó con Ymir y su familia?, continúe...

—Señor, nuestro último reporte de la nave, fue después de que despegaron de Mundo Paraíso en dirección a Kaula, algo grande interrumpió la señal y de pronto perdimos contacto con ellos.

—Así es mi buen amigo, según el reporte de control de Mundo Paraíso, cercano a Borealis, hicieron explotar una supernova que afectó a varios sistemas planetarios de la región, uno de ellos fue donde se ubica Mundo Paraíso, el cual se protegió con sus escudos al igual que otros planetas de su constelación, lo que nos lleva a pensar que su onda expansiva, colisionó con la nave de clase caza furtiva tipo koriri, donde iban a bordo Ymir y su familia.

—Señor, por lo visto, usted ya sabe lo que pasó, ¿por qué me pregunta de esto a mí?

—Lo hago para saber si usted tiene otra conclusión, además, lo que me preocupa más que la nave, es el estado de salud de Ymir, Mahuru, los dos niños, y también del primer oficial Atiú.

—¿Atiú, señor?, pero si el primer oficial Atiú se encuentra bien, bueno, de su cabeza no sé, pero debe estar bien y en su laboratorio.

—En realidad, creemos que Atiú abordó la nave clandestinamente, porque desde hace amaneceres no sabemos nada de él.

—¿De qué nave está hablando señor?

—De la nave que robó tu compañero Ymir.

—¿Entonces se fue de polizón en las vacaciones de mis amigos?, definitivamente sí está muy mal de su mente... la última vez que lo vi, fue en el laboratorio, con razón se comportaba tan sospechoso. Recuerdo que mi asistente Nyree me informó, que lo sorprendió husmeando en nuestro sector, porque según él, solo pasaba a saludarnos.

—Así es, mi buen amigo Fautabe, usted ya conoce a Atiú y no se sorprenda, seguramente lo hizo para sabotear el proyecto NGWA, el cual definitivamente no le convenía que fuese aprobado por el consejo, ya que él, desde hace mucho tiempo, ha estado trabajando en un sistema similar que incluye la invisibilidad de nuestras naves, pero, también hay que reconocer que es un talentoso oficial científico kaulaniano;

el problema es que, si están vivos y la onda expansiva arrastró nuestra nave a algún sector primitivo de la galaxia, seguramente nuestro amigo Atiú, querrá comercializar a los gobiernos de estos mundos, parte de nuestra tecnología, que para ellos sería extremadamente avanzada.

—Señor, pero Ymir jamás permitiría algo así, seguramente resetearía la nave, por supuesto que, sin su familia a bordo, antes de que este loco vendiera parte de nuestra tecnología... aun así, señor, son solo suposiciones y no quiero pensar negativamente, pero también, quizás se destruyeron cuando colisionaron con la onda expansiva y mis pobres amigos, seguramente, ya no se encuentran con vida.

—Tranquilo Fautabe, no perdamos la esperanza, es posible que estén vivos y aterrizaron de emergencia en alguno de los mundos clase M de ese cuadrante para poder reparar su nave, que seguramente con la onda expansiva, tuvo alguna avería, ya que, por esa razón, no se han comunicado ni han vuelto a casa. Ahora, si venían de vuelta usando el sistema de propulsión NGWA, y el sistema anticolisión de la nave se activó, ¿Que haría usted en el lugar de la primera oficial piloto Mahuru, suponiendo que ella vendría piloteando la nave?

—Señor, según mi experiencia, primero desactivaría el sistema NGWA, después voltearía la nave en dirección del trayecto de la onda expansiva, y enseguida, reactivaría el sistema NGWA para salir impulsado antes de que la onda nos alcanzara.

—Entonces eso fue lo que nuestros amigos hicieron —respondió, el general Ihorangi.

—Pero ¿y Atiú, señor?, usted dice que iba de polizón, ¿qué habrá pasado con él?

—Amigo Fautabe, todo esto son solamente suposiciones, esperemos que todos estén bien... esto que pasó, por el momento, lo mantendremos de manera confidencial. He dado la orden para que el comunicado solo revele que el segundo oficial científico Ymir de la casa de Yanai, se encontraba en las inmediaciones de la constelación Borealis probando un nuevo sistema de propulsión para nuestras milicias, perdiéndose el contacto con él y su nave; ese es el comunicado que estaremos manejando oficialmente, además, ya se enviaron cuatro naves rastreadoras sin tener señales de la nave de Ymir. Ya te puedes retirar a tu laboratorio, pero recuerda, mucha discreción.

—Señor, antes de que me retire, desde ayer mi equipo de colaboradores y yo, hemos estado trabajando en un rastreador universal, que busca la huella de partículas magnéticas que va dejando el sistema NGWA, lo que nos da un mayor alcance y probabilidad de encontrar el curso que dejó la nave… apenas lo estamos probando, cualquier nueva señal que se registre se la haré llegar.

—Me parece bien, mi buen amigo científico, pero recuerde, cualquier comunicación, debe ser con mi asistente Pounamu vía SkinPhone.

—Señor, me retiro a mi laboratorio.

—Que la sabiduría te acompañe, joven amigo.

Fautabe, inclina su cabeza en una señal de respeto, da media vuelta y sale caminando por uno de los pasillos que rodean las orillas del lago cercano a los jardines de Arona. Después de caminar un momento, Fautabe recibe una llamada de su asistente en su SkinPhone:

—Señor, discúlpeme por interrumpirlo, pero creo que tenemos buenas noticias— dijo Ruihi.

—¿De qué se trata?, pero rápido ¡dime! —Exclamó Fautabe.

—Cuando usted se fue del laboratorio, hicimos una nueva prueba con el rastreador, buscando las huellas dejadas por el impulsor NGWA de la nave de nuestro segundo oficial Ymir.

—¿Y qué arrojó el rastreador?

—Señor, después de salir de Mundo Paraíso en dirección a Kaula, la nave dejó una huella que muestra que se detuvo, giró en su eje, para luego activar de nuevo el hiper-impulsor y salir en dirección al otro extremo del universo…

—¡Tenía razón en mis conjeturas! ¿Y hacia dónde nos lleva el rastro magnético de la nave? —preguntó Fautabe.

—Hacia el sector donde se encuentran los planetas clase M más primitivos de este universo, señor, ¿quiere que reporte este hallazgo al comando?

—Negativo, alférez Ruihi, todo esto lo mantendremos por el momento extraoficialmente entre el general Iorangi y nosotros.

—A la orden señor.

CAPÍTULO 21
DE VUELTA EN EL PLANETA AZUL

De regreso a 1270 años luz de distancia de Kaula, ahora en el planeta al cual Ymir y el resto de los kaulanianos llamaban planeta azul, ubicada en un valle desértico en Nevada, se encontraba la nueva base de nombre clave Área 51.

En el lugar, ya había transcurrido un tiempo, los kaulanianos se encontraban establecidos en su nueva morada donde ya comenzaban a habituarse; Ymir por su parte, trabajaba en el laboratorio de la base bajo el alias de Ymir Svendsen, un reconocido científico noruego, refugiado en Estados Unidos, después del final de la gran guerra a causa de la invasión, que tuvo su país por el ejército alemán.

Mahuru, la esposa de Ymir, se negaba rotundamente a trabajar en la base, permaneciendo a diario en el interior de su vivienda; Kauri, el hijo menor y Ulani la hija mayor de Ymir y Mahuru, comenzaban a tomar lecciones de historia y de otras asignaturas, con un maestro que impartía clases a ellos y a otros niños que eran hijos de científicos y oficiales con altos rangos, dentro de la base.

Por otra parte, Atiú, ex primer oficial científico kaulaniano, ahora portaba un gafete que decía "Atiú Nilsen, jefe del Departamento de Investigación de Energía Atómica, con Nivel de Seguridad 5", esto en comparación al nivel 3 de seguridad que Ymir y sus hijos portaban, mientras que Mahuru, por ser piloto y comandante de la nave kaulaniana, portaba un nivel 2, para evitar su acceso a los hangares terrestres y subterráneos, donde además se encontraban, los nuevos prototipos de aviones de reconocimiento supersónicos, y la enorme nave de 40 metros de diámetro, que los trajo a la Tierra.

Mientras tanto, el general Ramey, ya había trasladado su cuartel general, a la nueva base, para estar cerca de Atiú y sus compañeros de viaje, además de dirigir las operaciones de desmontaje, de la nueva tecnología alienígena capturada por sus hombres.

El mayor Jesse Marcel, quien ahora contaba con el apoyo de militares cercanos a la casa blanca, personalmente vigilaba la interacción de los oficiales de la base hacia Ymir y su familia, a pesar de que Anderson, ahora como jefe de seguridad de la base, no dejaba de acosar a los nuevos científicos.

Por uno de los pasillos escasamente iluminados de la base, entre gritos y risas, apareció corriendo, el pequeño Kauri, siendo este perseguido por su hermana Ulani.

—¡Madre! ¡Madre! ¡Me vienen persiguiendo! —Exclamó Kauri.

—¿Qué pasa hijo de mi ser? ¿Quién te viene persiguiendo? ¿A caso es un guardia alienígena? Preguntó Mahuru sonriente.

De pronto, la puerta principal que daba al pasillo se abrió:

—¡Soy yo madre!, soy yo quien quiere jalonear esas enormes orejas, de un waki proveniente de los mundos oscuros de Moaná —exclamó Ulani.

—¿Sus orejas? ¿Por qué? Si son hermosas —preguntó Mahuru.

— ¡Por mentiroso madre! Y por no hacer caso a nuestro

padre, quien nos hizo prometer, no usar nuestros SkinPhone en la base y menos durante las clases del saber.

—Kauri, hijo, acércate —ordenó Mahuru—, ¿es verdad lo que me está contando tu hermana Ulani?

—Bueno… sí… mmm… bueno… ¡No!

—A ver hijo, explícate.

—Lo que sucedió, madre, es que nos encontrábamos en aquel lugar al que ellos llaman "escuela" y bueno, el maestro comenzó a escribir en un muro verde, con una extraña piedra blanca, anotó símbolos muy extraños que parecían números o cifras, y bueno, al no entender eso, recurrí a mi SkinPhone, el cual me arrojó la traducción.

—¡Delante del maestro! —Dijo exaltada Mahuru.

—¡No!, bueno… Casi —Respondió Kauri.

—A ver hijo, explícate, no entiendo.

—Bueno, en realidad sí… pero lo hice debajo de esa superficie a la que ellos llaman mesa.

—¡Así es madre! el orejón venido de los mundos oscuros de Moaná, el cual según mis ancestros es mi hermano, activó el SkinPhone de su diminuta muñeca e ingresó a la computadora universal debajo de la mesa donde nos sentábamos y delante de todos nuestros compañeros de clase, poniendo en riesgo las falsas identidades que nos dio el mayor Marcel —dijo Ulani molesta.

—Kauri, hijo, prométeme que no volverás a activar tu SkinPhone, si no, me veré en la obligación de tener que desactivártelo y recuerden, esto va para los dos, esos sistemas de comunicación que llevamos adheridos a nuestros cuerpos y mentes, en este planeta solo debemos utilizarlos para comunicarnos con nuestro mundo, entre nosotros y para traducir lo que hablan esos desagradables terrícolas, por eso su padre se los dejó activados.

—Madre, ¿le puedo preguntar algo a tu corazón?

—¿Corazón? ¿Qué es eso? —Preguntó Mahuru confundida.

—El corazón, madre, en este mundo es para los terrícolas, lo que nosotros conocemos como nuestra segunda mente.

—¿Quién te contó sobre el corazón?

—¡Liam, madre!, nuestro amigo el oficial Liam, él a veces se queda por mucho tiempo hablando con tu hija —interrumpió Kauri.

—¿Liam?, ¡por favor! Si solo somos amigos, pero a ver madre, no me has contestado, ¿le puedo preguntar algo a tu corazón? —Respondió Ulani nerviosa.

—Sí hija de mi ser, pregúntame.

—Madre, ¿por qué odias tanto a los habitantes de este mundo?

—¿A quiénes te refieres?, ¿a los llamados humanos o a los que se ingieren estos humanos? —Contestó Mahuru sonriendo.

—Perdón madre, te repito la pregunta nuevamente, ¿por qué odias tanto a los humanos de este mundo?, y no me refiero a los animales que estos ingieren.

—Está bien hija, ya te entendí... siento mucho odio por ellos, porque jamás pensé terminar mi existencia en un sitio tan primitivo y tan desagradable como este, además, el hecho de habernos tomado como prisioneros, después del accidente que sufrió nuestra nave, en lugar de que nos ayudaran con su arcaica tecnología para reparar las averías del sistema magnético de propulsión, se adueñaron de nuestra nave y de su tecnología, dejándonos confinados en este desagradable y horrible lugar...

—Pero madre, ¿quiere decir que ya nos vamos a quedar a vivir en este mundo?, ¿ya no vamos a volver a nuestro hermoso hogar?, ¿mis compañeros de la academia del saber, mis abuelos?, ¿qué pasará con todo eso? —Preguntó Kauri.

—Tranquilo hermano mío, no debemos perder las esperanzas de que algún día podamos volver a nuestro hogar, recuerden lo que dijo padre, nuestra esperanza radica en que una vez se haya puesto en funcionamiento la nave, aunque no tengamos en funcionamiento los hiperimpulsores para viajar a velocidad luz y así saltar al hiperespacio, con solo un pequeño impulso podremos llegar a la estratósfera de este mundo y al enviar una señal a una colonia nuestra, en un mundo aliado, estaremos a salvo...

—Pero hija, ¿cómo podré ayudarlos?, si solo tengo un nivel 2 de acceso de seguridad —preguntó Mahuru.

—Madre, ¿recuerdas los replicadores de alimento que están en el interior de nuestra nave?, bueno, hablando con nuestro amigo Liam, me dijo que existe la posibilidad de que tengamos acceso a ellos, pero primero, uno de nosotros se debe enfermar por consumir comida de los terrícolas, de esa forma, estarán obligados a darnos acceso a los replicadores de nuestro alimento.

—Me parece un excelente plan, y ya se con quién contar para que se lleve a cabo —exclamó Mahuru.

—Madre, no me vayas a decir que te refieres a mi querido hermano... —dijo Ulani.

—Afirmativo hija, vamos a fingir que Kauri se enfermó por consumir de eso que ellos llaman "carne", que por lo que me contó su amigo, el oficial Liam, se trata de comida de cadáver.

—Por esa razón, pediremos que urgentemente cambien tu nivel de seguridad, por un período a nivel 5, para que tengas acceso a la nave, con el pretexto de utilizar nuestros replicadores de comida, y lo más importante, que actives las señales de ubicación de emergencia y compruebes el estado general de la nave, con tu identificación genética —dijo Ulani.

—Pero madre... ¿crees que a nuestro padre le agradará este plan? —Preguntó Kauri.

—Hijos, por el momento no se lo diremos a su padre, lo mantendremos en secreto y cuando ya tenga acceso a nuestra nave, se lo haremos saber y seguramente le encantará.

Mientras Mahuru, Ulani y su pequeño hermano Kauri, terminaban los últimos detalles del plan, para tener acceso a su nave y así poder saber el estado de los impulsores que los sacarían de este planeta, Ymir, en su nuevo laboratorio, recibía la visita de un inesperado compañero, que no veía desde el accidente en Roswell:

—Te saludo alférez Ymir, ex segundo oficial científico de las milicias kaulanianas, y ahora por lo que dice tu gafete, mmm... doctor Ymir Svendsen, jefe del Laboratorio de la Nueva Tecnología Alienígena... por lo visto ya te ascendieron, felicidades... después de haberte degradado a ser un simple alférez, ahora eres jefe de un laboratorio, bueno, pero en este mundo, no en el nuestro —dijo Atiú sonriendo.

—Pero usted, ¿qué hace acá?, está vivo, pensé que lo habían...

—¿Qué?, ¿matado?, ¿eso pensaste alférez? ¿Qué los terrícolas me habían desechado como a un espécimen alienígena exótico? —Dijo Atiú interrumpiendo.

—No, no me refería a eso, lo último que supe de usted, según Anderson, es que tuvo problemas... muchos problemas con el personal de seguridad y de enfermería, pensé que todavía se encontraba confinado en Roswell.

—Por lo visto, tus conjeturas eran erróneas... Pues aquí me tienes. Pasé a saludarte para saber de Mahuru y de los niños, dime ¿cómo están ellos?

—Kauri y Ulani están bien señor, adaptándose a este nuevo mundo...

—¿Y Mahuru, tu esposa?

—Ella no tanto señor...

—¿A qué te refieres con eso?

—A ella definitivamente no le agrada este mundo, ni los seres racionales que lo habitan.

—¿Te refieres a los humanos?

—Así es comandante…

—Qué lástima que no se quiera integrar Mahuru, ella podría tener acceso incluso a la nave, ya que fue la última que piloteó sus controles, por lo tanto, quedó grabado su código genético y eso le daría acceso total a nuestra nave… lo que algún día nos podría llevar a casa… A tu familia y a mí.

—¿A qué se refiere con mi familia y usted?, ¿y yo?, ¿qué pasaría conmigo? —Exclamó Ymir.

—Bueno, si reparamos la nave y logramos regresar a casa, amigo, no creo que seas muy bien recibido, porque seguramente te encontrarás con un consejo de guerra, por haber secuestrado una nave militar, exponiendo además a tu familia y a tu jefe inmediato… así que mejor vete haciendo la idea, de que tú te quedarás para siempre en este mundo… yo, por ejemplo, trato de adaptarme; el poco tiempo que estaré en este primitivo planeta, estoy dispuesto a vivirlo con dignidad, y no es por presumirte, alférez, pero a mí no me han tratado tan mal, tengo nivel de seguridad 5 y vivo como un huésped de honor con todas las comodidades que eso implica, por si fuera poco, tengo el cargo de Jefe del Departamento de Investigación de Energía Atómica, muestra de ello, es que en este momento estamos experimentando con mikaere y tamati, que para ellos es uranio y plutonio; los terrícolas ya probaron dos armas hechas con estos materiales, fabricadas justamente donde tuvimos el accidente con nuestra nave y eso los llevó a ganar una guerra, por lo que se sienten muy poderosos, pero ahora, ante el nacimiento de un nuevo enemigo, que en la última guerra fue su aliado, los estoy asesorando en el incremento de kilotones en sus nuevas bombas.

—¿Usted se ha vuelto loco?, recuerde que no podemos

alterar la evolución de otros mundos, eso es un código universal que nuestros antepasados nos transmitieron, además, el uso del mikaere y del tamati en armas de destrucción masiva llevará a estos terrícolas a la autodestrucción de todo su mundo... insisto, usted realmente se volvió loco, si hay alguien a quien se debería llevar a un consejo de guerra, no es a mí por ladrón, sino a usted por asesino —exclamó enojado Ymir.

—Ja, ja, ja, ja, tranquilo mi joven alférez que yo sé lo que hago, si ellos quieren destruir su mundo, que lo hagan, encima de ello, ya es muy tarde, ya que ayer por la madrugada, efectuamos una prueba atómica de plutonio con muchos mas kilotones aquí en el desierto, en un lugar al que ellos llaman Nevada y fue todo un éxito, es más, el general Ramey personalmente presenció la prueba y me felicitó por el resultado. Ahora, de Washington, nos dieron autorización para adaptar las ojivas nucleares a cohetes de gran alcance, que finalmente decidieron llamar misiles intercontinentales... y adivine alférez de quién fue la idea de todo esto...

—De verdad, sí estás completamente loco, interfiriendo en su tecnología vas a hacer que finalmente se destruya este mundo, recuerda lo que pasó en Hauku, todo pereció, incluyendo criaturas no racionales, vegetación y sus mares se contaminaron con el tamati que hasta el día de hoy no se ha desvanecido.

—No te preocupes alférez, te lo vuelvo a repetir, no es nuestro mundo. A propósito de mundo, ayer cuando me encontraba en aquella zona desértica donde efectuamos la prueba, quizás por la radiación o la onda expansiva de la explosión atómica, mi SkinPhone se accionó por unos segundos mostrando un mensaje de búsqueda, el cual provenía de Kaula, específicamente de nuestro laboratorio, mi pregunta es, ¿será que tu amigo Fautabe finalmente nos encontró?

—¿Fautabe? ¿Se comunicó con usted? ¿De qué está hablando?

—Mi SkinPhone registró una señal de búsqueda proveniente de nuestro mundo y creo que debe ser Fautabe quien ingeniosamente, utilizó los rastros magnéticos dejados por su ridículo hiperimpulsor NGWA para rastrearnos.

—Ojalá y los dioses de nuestros antepasados lo escuchen y Fautabe nos pueda encontrar antes de que usted y Ramey destruyan este hermoso mundo.

—Bueno, no sé que tan hermoso sea para usted, pero por el momento, seguramente, si Fautabe nos encontró debemos enviarle una señal con nuestra ubicación exacta para que sepa que seguimos con vida.

—Nunca pensé que iba a decir esto, pero por primera vez estoy de acuerdo con usted comandante, debemos enviar una señal urgente y eso solo lo puede hacer Mahuru, ya que el último registro genético que tiene la nave, pertenece a ella —exclamó Ymir.

—Debemos idear un plan para que ella tenga acceso al hangar donde se encuentra nuestra nave, de esa forma, podrá encender el control central y accionar la señal de emergencia y creo saber como efectuarlo, ¿qué nivel de seguridad tiene el primer oficial piloto Mahuru? —Preguntó Atiú.

—Nivel 2, señor.

—Me lo imaginaba, Ramey es muy desconfiado, además amigo, te voy a confesar algo a pesar de que no eres muy de mi agrado...

—Gracias por su honestidad, comandante, pero adelante, dígame...

—Presta atención a lo que te voy a decir, en una conversación que escuché entre Ramey y Anderson, supe que elaboran un plan para encender y tener acceso a las armas de autodestrucción que trae nuestra nave, lo harán aprovechando que se nos acaban las raciones de alimento de nuestros trajes de vida, así como las repetidas ocasiones en las que Mahuru, ha solicitado acceso a los replicadores de nuestra nave, le cambiarán su nivel de seguridad de 2 a 5, dándole acceso a los replicadores de alimento, es ahí donde nosotros también debemos aprovechar la ocasión y sin que lo noten, Mahuru, deberá enviar la señal —exclamó Atiú.

—Me parece arriesgado... Pero estoy de acuerdo. Necesitamos enviar esa señal, lo que me preocupa ahora es, ¿para qué quieren tener acceso al sistema de reseteo de la nave?, si ese solo puede ser accionado genéticamente con el DNA del piloto, una tecnología que ellos todavía no dominan, sumando que en el campo genético, se encuentran muy atrasados, a no ser que la quieran guardar para el futuro de su mundo, como se lo advirtió el general Ramey a mi amigo Jesse Marcel en una ocasión —dijo Ymir.

—Lo importante es seguir la corriente de su plan, sin que ellos se den cuenta. Esta noche hazle saber a tu esposa nuestra intención, a ver qué le parece y me lo comunicas en nuestro idioma a mi SkinPhone.

Al día siguiente, mientras Atiú se encontraba trabajando en su laboratorio, se accionó el sistema de mensajes de su SkinPhone, el cual visualizó de una forma muy discreta, dado que en el lugar se encontraban tres de sus asistentes personales:

Saludos, comandante, ya le comuniqué a la primer oficial piloto, Mahuru, sobre nuestro plan a seguir, pero por lo visto, ella también tenia un plan, propone, para que nuestras ideas sean más convincentes, que el joven kaulaniano de nombre Kauri, ingiera levemente, alimentos terrícolas, lo que lo enfermará, de esa forma existirá un pretexto válido que lleve a Ramey y Anderson a adelantar su plan.

Decía el mensaje enviado por Ymir.

—*Personalmente no estoy de acuerdo con la idea de utilizar al joven Kauri para este objetivo, pero como es para una buena causa, adelante con el plan* —respondió, Atiú, en kaulaniano.

CAPÍTULO 22
LA CONSPIRACIÓN Y LOS GRISES

Mientras tanto, en las oficinas de inteligencia en la nueva base a cargo del mayor Jesse Marcel, él se encontraba revisando las últimas órdenes enviadas de Washington, de pronto tocaron la puerta.

—¡Adelante!, está abierto, pase… —Exclamó Marcel.

—Con permiso, mayor. Soy la teniente Vázquez, su nueva asistente, me acaban de transferir a esta base, señor.

— ¿Quién la transfirió teniente?, ¿de quién fue la orden?

—No tengo esa información, señor, solo sigo órdenes para ser el reemplazo del mayor Anderson.

— ¿De dónde la transfirieron, teniente?

—Del cuartel general de Washington, señor.

—Que raro… yo no pedí ningún asistente, pero descansé, teniente. Bienvenida.

—Gracias, señor.

—Dígame, teniente, ¿es usted de origen latino?

—Afirmativo, mayor, mis padres vinieron a Estados Unidos en la década de la primera gran guerra.

—Bien teniente y dígame, en el frente ¿contra quien peleó Alemania o Japón? —preguntó Marcel.

—Serví contra Alemania, señor, en el cuartel general, en

el departamento de inteligencia militar como apoyo estraté-
gico, al fallecido general, George Patton.

—Muy bien teniente, la felicito y estoy seguro que alguien
con su experiencia ayudará mucho, bienvenida a formar parte
de mi equipo. No perdamos más tiempo, vamos a trabajar,
¿tenemos alguna novedad?

—Afirmativo mayor, en el hangar número trece, se encuentran los oficiales encargados de arte y cinematografía esperán-
dole para iniciar el rodaje del film "señuelo".

—De acuerdo teniente, en cinco minutos salimos para el
hangar, estese pendiente.

Por otro lado, en el hangar número trece de la base, se
encontraba el teniente, Jayden Smith, director cinematográ-
fico, junto a los productores Arnold Thompson y Austin
Caruso, quienes, ayudados por el departamento de efectos
especiales, manipulaban los que parecían ser cinco humanoides con características de grises, fabricados enteramente
de látex.

—¿Ya está todo listo, sargento Thompson? —Preguntó
el director y teniente Smith.

—Afirmativo, teniente, solo esperamos la orden del mayor,
Jesse Marcel, apenas arribe al set— dijo el sargento Thompson.

—¿Y los actores médicos de la autopsia, ya llegaron?

—Los tres están listos y esperando, señor —respondió el
cabo Caruso.

—Perfecto, creo que ahí vienen… —Dijo Smith.

En ese instante, entró Marcel acompañado de su nueva
asistente, la teniente Vázquez, escoltados por dos oficiales
fuertemente armados.

—¡Oficial mayor presente en el set! —Exclamó Smith.

—Descansen oficiales y por favor, si vamos a trabajar
juntos en esta conspiración, eviten tantos protocolos —dijo
Marcel.

—A la orden, señor. Le informo que ya estamos listos para comenzar el rodaje…

—Adelante, comience.

—Perdón señor, antes de iniciar, le hago entrega de esta copia del guion, el cual, como usted sabe, narra la autopsia hecha a uno de los seres de aspecto gris, que supuestamente, formaba parte de los cinco tripulantes de la nave que se accidentó en Roswell —dijo Brown.

—Gracias Brown, por favor, comience —respondió Marcel.

—¡Atención! ¡Silencio en el set! Vamos a comenzar el rodaje, ¡médicos, preparados!…

—Escena 1, autopsia grises, toma 1 —respondió el productor, Austin Caruso.

—Y… ¡Acción! —Exclamó el director, Jayden Smith.

Mientras continuaba el rodaje de la supuesta autopsia, interpretada por tres excelentes actores y un muñeco fabricado de látex, repleto de órganos y sangre supuestamente alienígena que lo hacia ver real, repitieron en innumerables veces las tomas erróneas.

El muñeco, en repetidas ocasiones, fue reemplazado cuando la sangre se salía de control al momento que lo seccionaban. Así transcurrió por cinco horas el rodaje el cual concluyó en la madrugada.

—¡Y corten!… ¿qué le pareció el trabajo, mayor? —Preguntó el director Jayden Smith.

—Muy buena producción, los felicito, solo que el diseño del gris no me pareció muy convincente; en lo personal, creo que estos grises que supuestamente nos visitan y según las fotografías de archivo que tenemos, tienen cráneos más voluminosos y sus ojos son oscuros y enormes… se los repito, esa es mi opinión personal, pero como película para la conspiración, creo que pasa y muy bien.

—Tiene razón señor, y como se filmó en blanco y negro

además de emplear una cámara de 16 mm igual a las que usábamos en el frente de guerra, ayudará de mucho, obvio que después de la edición se verá mucho mas convincente —dijo la teniente Vázquez sonriendo.

—Muchas gracias, solo nos faltaría producir las fotografías de los otros cuatro cuerpos tirados al costado de su nave, la cual ya se está terminando de construir en el hangar número siete —dijo Smith.

—Excelente teniente, lo felicito, ¿cuándo puedo contar con este material y las fotografías? —Preguntó Marcel.

—Mañana, a las trescientas horas las tiene en su oficina —contestó Jayden.

—Ahora me retiro teniente, felicite a su equipo de producción.

—Así lo haré señor, muchas gracias.

Mientras tanto Marcel y su asistente Vázquez se subían a un Jeep y se dirigían a su cuartel general conversaban:

—¿Qué le pareció el rodaje teniente Vázquez?

—Creo que ya tenemos lo que el general nos encargó.

—Solo falta ver el producto final, para así poder filtrar esta película y las fotografías extraoficialmente, entre algunos de los generales más curiosos y chismosos de la base, de esa forma les llegarán estos materiales directo a los periodistas escépticos, que no creyeron en la caída del globo Mogul en el rancho de Brazel —eliminando cualquier duda, dijo Marcel.

—Excelente, mayor, me parece que es la solución perfecta, a propósito, en Washington me habían comentado que, en un principio, usted no estaba muy de acuerdo con el traslado de los visitantes kaulanianos a esta base, es más, que se opuso a las órdenes emitidas por el General Ramey a través de Anderson, pero que de pronto, usted comenzó a acatar todas las órdenes —dijo Vázquez.

—Vaya teniente, por lo visto sabe mucho más de mí de lo que pensé.

—Solo es curiosidad, señor, esto me ayudará a entenderlo mejor ya que por lo visto, estaremos juntos trabajando en beneficio de nuestra nación.

—No se preocupe por eso, teniente, ahora lo importante es seguir con la conspiración como ordenó el general Ramey. Referente a la conspiración, debemos hacerle una visita a Ymir y su familia para presentarla como mi mano derecha, de esa forma, usted me podrá ayudar, para alejar a dos personajes que incomodan profundamente a nuestros visitantes.

—¿A quiénes se refiere, mayor?

—Me refiero al mayor Anderson y al científico Atiú Nilsen, jefe del Departamento de Investigación de Energía Atómica que llegó junto a Ymir y su familia.

—¿Quiere decir que él también es un kaulaniano? —Preguntó Vázquez.

—Afirmativo teniente, es un kaulaniano al cual tenemos que vigilar de cerca, pues no confió en el, además de que trabaja de la mano del general Ramey, específicamente en el área de energía atómica y eso me tiene intranquilo.

—Sí, por supuesto, a la orden, señor —exclamó la teniente Vázquez.

—Acompáñeme al ascensor, teniente, hoy es un gran día para usted, ya que tendrá el privilegio de conocer y ver de cerca a un visitante venido de 1270 años luz de distancia.

CAPÍTULO 23
KAURI SE ENFERMA

Más tarde, en uno de los pasillos subterráneos de la base Área 51, Ymir, desesperado, corre al ascensor donde está el mayor Jesse Marcel y su nueva asistente, la teniente Vázquez.

—¡Disculpe… Buenos días mayor! —Exclamó Ymir desesperado.

—Buenas noches, Ymir.

—Perdón, señor, ¿noches?

—Así es mi amigo, estamos de noche.

—Disculpe, mayor, es que acá abajo con todo el trabajo que tenemos, no nos damos cuenta muchas veces, si es de día o es de noche.

—¿Pero a qué se debe tu desesperación?

—¡Kauri, señor! ¡Kauri, mi hijo! Ingirió comida alienígena y creo que se enfermó.

—¿Alienígena?

—Sí señor, comida de tu mundo, eso a lo que ustedes llaman carne de cadáver.

—A ver, tranquilo, perdón…, teniente, no la he presentado, él es uno de los visitantes Ymir Svendsen, jefe del Laboratorio de la Nueva Tecnología Alienígena, el kaulaniano que le iba a presentar.

—No se preocupe mayor, por los rasgos nórdicos y su acento ya me había dado cuenta de su procedencia.

—¿Dónde se encuentra tu hijo? —Preguntó Marcel.

—Se lo llevaron a la clínica de la base —dijo Ymir.

—¿A cuál de todas? —Volvió a preguntar Marcel.

—Disculpe señor, se lo tienen que haber llevado a una de las clínicas de alta seguridad, ya que como todos sabemos el pequeño también es un "visitante" —dijo la teniente Vázquez.

—Entonces vamos, creo saber donde lo tienen...

Mientras Ymir y Marcel ingresaban al ascensor junto a la teniente Vázquez, Marcel presionó el botón sub—7:

—Perdón señor ¿por qué los alienígenas están ingiriendo comida terrestre? ¿No deberían estar bajo una dieta con proteínas similares a las de su mundo?, por los documentos que envió Ramey a Washington, tengo entendido que la mayoría de estos alienígenas ingieren alimentos basados en vegetales, raíces y minerales —dijo la teniente Vázquez.

—Así es, teniente, concuerdo con usted. Cuéntame Ymir, ¿por qué están consumiendo nuestra comida? ¿Qué pasó con las cápsulas que sacaron de su nave? —Preguntó Marcel.

—Señor, esas cápsulas vienen en nuestros trajes de vida —dijo Ymir.

—Sí, en varias ocasiones te vi ingerir las diminutas cápsulas.

—Así es señor, pero hace una semana que se nos comenzaron a agotar, y tuvimos que probar algunas de las proteínas terrestres —respondió Ymir.

—Entonces, eso fue lo que hizo que se enfermara el hijo de Ymir —exclamó la teniente Vázquez—. Señor, tengo entendido que, en su nave, estos visitantes cuentan con unos replicadores de alimento, los cuales ellos usan para sus largos y prolongados viajes.

—Tiene toda la razón la teniente, señor, en nuestra nave

tenemos nuestros replicadores de alimento, pero no tenemos acceso a ese nivel de seguridad, puesto que yo cuento solo con nivel 3, mi esposa 2 y se requiere un nivel 5 —explicó Ymir.

Tiempo después, llegaban al área de salud número 22 con nivel de seguridad 4 y 5, por lo que un guardia de la entrada los detuvo:

—Descanse cabo —ordenó Marcel.

—Gracias señor —respondió el guardia.

—Necesitamos pasar.

—Señor, usted y la teniente, por sus niveles de seguridad pueden ingresar, pero el científico con nivel 3 no puede tener acceso.

—¿Pero, estás demente? —dijo Ymir— mi hijo acaba de ingresar, necesito verlo urgentemente —reclamó Ymir.

—Insisto, señor, usted no puede ingresar a la clínica de seguridad nivel 5, solo cuenta con un nivel 3. Yo solo obedezco ordenes del mayor Anderson, jefe de seguridad de esta base —señaló el guardia.

—¡Pero necesito entrar, se trata de la vida de mi hijo, y ustedes alienígenas con su medicina primitiva lo van a matar!

—¡Tranquilo, Ymir! —Exclamó la teniente Vázquez.

En ese momento, se abrieron las puertas de un ascensor cercano a la entrada de la clínica y apareció el general Ramey junto a Anderson:

—¡Atención! ¡General presente! —Exclamó Marcel.

—Descanse mayor, cuénteme la situación —dijo Ramey.

—Perdón, señor, el joven visitante de nombre Kauri Svendsen, sufrió una descompensación a causa de ingerir alimento terrestre, específicamente un filete tipo mignon —interrumpió Anderson.

—Pero ¿quién se puede enfermar con un delicioso filete mignon, cocinado por el mejor chef francés de la base? —cuestionó Ramey.

—Un alienígena señor —exclamó Vázquez.

—Perdón, ¿quién es usted y por qué porta un gafete con nivel de seguridad 6? —preguntó Ramey.

—Ella es la teniente Vázquez, mi nueva asistente y asesora en culturas alienígenas, es la oficial enviada por Washington —respondió Marcel.

—Bastante inusual su llegada, nadie me lo reportó, su apellido es Vázquez ¿verdad?, me suena latino —dijo Ramey, mientras encendía un enorme habano.

—Así es, general, mis padres vinieron de México en 1919.

—¿Sirvió usted en la gran guerra teniente? —Preguntó Ramey.

—Así es general, en Europa, me reportaba directamente con mi general Patton.

—¿Patton? —Preguntó Ramey.

—Afirmativo general.

—¿En qué área, teniente?

—En inteligencia señor.

—Mmm, por lo visto Washington nos está llenando de oficiales de inteligencia. Por otro lado, mayor Anderson ¿en qué estado está el pequeño visitante?

—Estable señor, está bajo el cuidado de la doctora Jones.

—¡Ah… Jones! Excelente, no te preocupes mi buen amigo Ymir, tu hijo está en excelentes manos, a parte, ya escuchaste al mayor Anderson, tu hijo se encuentra estable y una vez que la teniente Jones autorice, lo podrás visitar —explicó Ramey.

—Permiso para hablar señor —pidió la teniente Vázquez.

—Adelante teniente —dijo Ramey.

—Gracias, me preguntaba señor, ya que por lo visto los alimentos terrestres enferman a nuestros visitantes, ¿no sería mejor darle acceso a uno de los cinco visitantes a los replicadores de alimento que se encuentran en su nave alienígena?, para evitar otro caso de salud con nuestros visitantes.

—Me parece una buena idea, teniente Vázquez, recién la conozco y ya me asombra con sus ideas. ¡Atención señores! Seguiremos las recomendaciones de la teniente. Mayor Anderson, continúe usted personalmente con la estricta vigilancia de la nave y autorice el acceso al visitante Atiú a los replicadores de alimento de la nave alienígena.

—Perdón señor, pero creo que el visitante idóneo para activar los replicadores debería ser alguien de la familia de Ymir —recomendó Marcel.

—No creo que sea posible, ya que nadie de la familia de Ymir posee el nivel de seguridad 4 o 5, el único que tiene acceso 5 en este momento, es el profesor Atiú Nilsen —exclamó Anderson.

—Disculpen que los interrumpa, veo que no tienen idea de cómo funciona la tecnología de nuestras naves. Deben saber que, para activar los replicadores de alimentos de la nave se necesita encender los controles locales, pero para eso, nuestra nave al ser inteligente, esta solo permite el acceso del DNA del último navegador que la piloteó —interrumpió Ymir.

—¿DNA?, no entiendo, explícate mejor —dijo Anderson.

—Lo que él, dice es que la única manera de encenderla, es que lo haga el último navegante que piloteó la nave —explicó Vázquez.

—Entonces lo hacemos así general, yo no estoy muy de acuerdo, pero si es la única manera por medio de la cual los visitantes tengan acceso a los replicadores de sus alimentos, que la primer oficial Mahuru, el día de mañana a las 800 horas, tenga acceso a la nave —respondió Anderson.

—Me parece muy bien, mayor Anderson. Espero que usted personalmente acompañe a la oficial Mahuru en la nave —dijo Ramey.

—¡A la orden, señor! —Exclamó Anderson.

—Entonces, señores, ya que tenemos la hora en la que se dará acceso a la nave, ¿Ymir podría ver a su hijo Kauri?, bueno, a pesar de que tiene solamente nivel tres de seguridad —intervino el mayor Marcel.

—De eso se encargará Anderson, ya que es el jefe de seguridad de la base, yo me retiro —dijo el general Ramey antes de irse.

—Sí, tiene razón el mayor Marcel, que Ymir entre a ver a su hijo Kauri, yo lo autorizo —confirmó la teniente Vázquez.

—Gracias teniente —respondió Ymir, mientras cruzaba la puerta de la clínica.

—Ya me informaron sobre usted, teniente Vázquez, a parte de tener un excelente expediente, le dieron un nivel de seguridad seis, es curioso... ya que ese nivel solo lo tiene el general Ramey... pero si usted le autoriza el ingreso al visitante Ymir a la clínica, para ver a su hijo a pesar del nivel tres que él posee, queda bajo su responsabilidad —replicó Anderson.

—Gracias mayor por sus cumplidos, y sí, yo me hago responsable por el acceso del visitante a la clínica —dijo Vázquez.

—Perfecto, entonces, nosotros nos retiramos con la teniente Vázquez, para poder preparar todo lo de mañana —concluyó Marcel.

Cuando Jesse Marcel y su nueva asistente, la teniente Vázquez, se retiraban hacia el ascensor, Anderson desconcertado se dijo a sí mismo:

—Vaya vaya... creo que la teniente que nos enviaron de Washington, nos dará muchos problemas... me urge hablar con mi general Ramey, pero a solas.

En ese momento, en una de las habitaciones de la clínica número 22, Ymir se encontraba sentado a un costado de la cama de su hijo Kauri:

—¿Cómo te sientes, hijo de mi ser? —Preguntó Ymir.

—Mejor, padre, pero ¿por qué me hablas en el idioma de los terrestres y no en el nuestro? —cuestionó Kauri.

—Por seguridad hijo, recuerda lo que nos recomendó nuestro amigo Marcel sobre no exponernos con el personal de la base, el cual no debe saber nuestro origen —explicó Ymir

—Está bien padre… y perdona por haberme enfermado, es que, con madre, teníamos un plan…

—Silencio hijo, no te preocupes, tu madre ya me contó todo.

—¿Entonces tú también estás de acuerdo con el plan?

—¡Shh! Sí, todo está saliendo como queríamos, Mahuru mañana tendrá acceso a la nave para activar los replicadores de comida y aprovechará la oportunidad para enviar la señal a Fautabe, que por lo visto ya nos está buscando.

De pronto tocan la puerta del cuarto.

—Permiso, Ymir, soy yo Anderson.

—Ah, es usted, ¡y ahora qué quiere! —exclamó Ymir.

—Está bien, no me grites, solo quería saber cómo sigue tu hijo.

—No tan bien como usted le informó al general Ramey.

—Pero según la doctora Jones ya está recuperándose, de acuerdo a su reporte solo fue una insignificante indigestión —Anderson prosigue— además, en lo personal, creo que fue una exageración el haber activado tantos protocolos de emergencia, para un caso nada delicado como un dolor de panza, como le decimos nosotros en la milicia.

—¿Me está sugiriendo que fue un invento? —cuestionó Ymir.

—No, solo que es extraño que el visitante de nombre Kauri, sabiendo que no puede ingerir comida humana lo haya hecho, causando que ahora su madre, a la nave tenga acceso.

—No entiendo a qué se refire con eso Mayor, nosotros

solo queremos sobrevivir en tu mundo y de paso ayudarlos a que ustedes aprendan a convivir con la naturaleza y
sus seres, pero con la experiencia de nuestro mundo, no con
nuestra tecnología.

—¿A qué te refieres con eso, no te entiendo?

—Te responderé en otro momento, mejor salgamos, te
pido que por ahora dejemos a mi hijo descansar.

CAPÍTULO 24
LLAMANDO A CASA

Por uno de los oscuros pasillos de la base se acercan en dirección al asensor que llevará a Mahuru al nivel subterraneo donde se encuentra la nave, acompañada por Ymir y del Mayor Jesse Marcel, fuertemente escoltados por cuatro guardias. Al llegar a la entrada del asensor, se encontraron cara a cara con el Mayor Anderson.

—Les recuerdo que solo puede acompañarme la primera oficial Mahuru —dijo Anderson.

—¿Cómo te sientes usando después de tanto tiempo el traje de vida, Mahuru?—Preguntó Ymir.

—Pensé que jamás me lo volvería a poner. Me queda un poco ajustado, seguramente ha de influir la gravedad de este planeta, ahora lo importante es tener acceso a los replicadores de comida.

Ymir desactivando el traductor universal de su SkinPhone, le pregunta a Mahuru en kaulaniano:

—¿Ya estás lista? Recuerda enviar la señal.

—¡Silencio alienígenas, no olviden que tienen prohibido hablar en el idioma de su mundo! Primera oficial Mahuru, téngalo presente. Espero que no haga nada que no tenga que ver con los replicadores de alimento. Cualquier indicio de

sabotaje o envío de alguna señal, será sancionada con la priva-
ción de libertad de usted y de sus hijos —advierte Anderson.

—¡Tranquilo, Anderson! —exclama Marcel.

—¿Libertad? ¡Cuál libertad! Si ya estamos encerrados
en este enorme agujero, además Ymir unicamente se estaba
despidiendo de mi en kaulaniano.

—Ya basta, silencio los dos. Y usted Mayor Anderson, no
amenace a los visitantes, ya escuchó bien claro, Ymir solo se
estaba despidiendo de su esposa.

—Sí, claro, seguramente —respondió Anderson, activan-
do el botón de las puertas del asensor.

Mientras Mahuru y Anderson desienden al quinto nivel
subterraneo donde se encontraba la nave en la que habían
llegado, Marcel e Ymir se retiraban conversando a la oficina
del Mayor por uno de los oscuros pasillos.

—Cuéntame amigo, veo que vas muy callado ¿hay algo
que te preocupa? Pronto van a tener acceso a sus alimentos, ya que por lo visto para ustedes es mayor manjar sus
píldoras alienígenas, que la excelente calidad del chef de la
base. Además, tu hijo Kauri ya se está recuperando, es más
la doctora Jones me confirmó esta mañana que hoy lo daría
de alta, pero dime ¿qué te pasa? me preocupas.

—No, nada, Mayor, todo está bien— contesta Ymir.

—Pero algo te inquieta ¿o fue por la amenaza de Anderson hacia tu familia?

—Sinceramente no solo las excesivas amenazas de Anderson hacia Mahuru diciéndole que la encerrará junto a nuestros hijos, también me preocupa el hecho de que por lo visto
nos quedaremos en tu mundo por mucho tiempo o quizas
para siempre. Cuénteme Mayor ¿cuánto tiempo le queda
de vida?

—¿A qué te refieres con esa pregunta? —le cuestiona
Marcel.

—Bueno ¿cuál es el promedio de vida de ustedes los humanos?

—Ochenta a noventa años terrestres ¿y ustedes?

En ese momento acciona su SkinPhone.

—Según mi SkinPhone, calculando un año de mi mundo contra diez de los tuyos, me quedan 1099 años de vida si me quedo en tu mundo.

—¡¿qué?! ¡¿cómo?! ¡¿1099?! Pero eso es mucho tiempo, entonces ustedes prácticamente nunca mueren ¿Cuál es el promedio de vida en tu planeta? —preguntó Marcel.

—Un kaulaniano antes de dormir su segunda mente, vive 300 años kaulanianos —responde Ymir.

—Que serían 3000 años terrestres ¡wow es mucho tiempo! — dice Marcel sorprendido.

—Es por esa razón que no nos podemos quedar en tu mundo, imagínese Mayor vivir encerrado por tantos años en una base y todavía en otro planeta.

—Querido amigo alienígena, ya me convenciste, sí... es necesario que regresen a casa. Esto que me acabas de contar de ninguna manera debe llegar a los oídos de Ramey y Anderson, tendrás que prevenir a Mahuru y a los niños para que jamás comenten sus años de vida, porque eso los pondría en peligro, despertando la curiosidad de científicos aliados a Ramey que los quieran usar como animales de laboratorio.

—Gracias Mayor Marcel.

—Tranquilo, Ymir, ya veremos a futuro si logro convencer a un amigo en Washington, para que los dejen enviar una señal a casa y sepan en tu mundo que siguen con vida.

Al mismo tiempo en el quinto nivel subterráneo de la base, de nombre clave "Area 51", Mahuru terminaba de ajustar sus guantes y su traje de vida, mientras un desconfiado Anderson no dejaba de observar todos sus movimientos, vigilados y apuntados por seis guardias.

Mientras Mahuru y Anderson se posicionan frente a lo que parecía una enorme puerta de hierro, uno de los guardías presionando el botón que permite accionar el mecanismo de acceso al enorme búnker, apareció la colosal nave furtiva tipo koriri.

—Wow, nuca me voy a dejar de sorprender cada vez que veo esta maravilla.

—Así es, Mayor Anderson, pero se sorprenderá aún más el día que ingresen por la estratósfera de tu mundo una flota de nuestros cruceros, demandando la inmediata devolución de su nave perteneciente a las milicias kaulanianas y a su tripulación —responde Mahuru sarcástica.

—Primera oficial Mahuru, disculpe, me está amenazando.

—Así es Anderson, lo estoy amenazando a usted y a su humanidad, veo que mi comandante Atiú no le ha informado del poderío con el cual cuentan las milicias Kaulanianas, para que usted sepa, Kaula por sus colonias extraplanetarias es considerada la más letal de la constelación, esto comparado con la anticuada tecnología de sus milicias, dejan a su mundo obsoleto frente a nuestros implacables destructores y cruceros estelares. A eso agregue un escuadrón conformado por un millar de soldados perteneciente a la mejor infantería kaulaniana.

—Ya basta, déjese de amenazas, oficial Mahuru, para que sepa, no crea que no me doy cuenta que solo lo hace para amedrentarme, con sus cruceros y su poderoso ejército alienígenas, que no creo vayan a comenzar una guerra o quieran atacar un mundo ubicado al otro extremo de la galaxia, esto por una nave hecha chatarra, es más, en lo personal creo, que ni siquiera los están buscando. Mejor pare de blasfemar, ingrese a la nave y active los replicadores de alimentos y replique la mayor cantidad de píldoras para usted, su familia y su comandante Atiú, que de la invasión ya se encargarán mis generales.

—Tiene razón Mayor, creo que me excedí por un instante, olvidé que la prioridad más importante en este momento son los alimentos para mi familia —dice Mahuru, mientras ingresa por la escotilla de emergencia, la cual todavía presenta las marcas de cuando fue forzada por los hombres del general Ramey con un equipo de oxicorte, al caer en Roswell.

—Está bien, oficial Mahuru, está de más recordarle que está siendo vigilada, así que concéntrese a lo que vino —le contesta Anderson, al mismo tiempo que la seguían de cerca él y uno de los guardias.

—Me va a disculpar, señor, pero ninguno de ustedes dos pueden ingresar a la nave, ya que en el momento de encender el mando central, el sistema no reconocerá sus DNA, por lo tanto se apagará automáticamente, así que por favor, si me van a vigilar, háganlo desde afuera de la escotilla, ya que nuestra nave es inteligente —dice Mahuru.

—Perdón, Mayor ¿se refiere a que la nave piensa por si misma? —Interrumpió el guardia.

—¡Sí, hombre, está viva! ¡Silencio! Escúcheme bien, Mahuru, la vamos a estar vigilando desde la entrada de la escotilla, más le vale no intentar nada que no sea encender el control central de la nave y de los replicadores de alimento —contesta Anderson ya molesto.

Fue ahí donde Mahuru, mientras se sentaba frente al mando central, y aprovechando que Anderson y el guardia voltearon para salir de la nave, al mismo tiempo accionó con sus dos manos el interruptor de encendido y la señal de auxilio, esto para disimular el ruido del envío de esta señal para ser camuflada por el sonido provocado al encender el control de la colosal nave. De pronto se encendieron todos los mandos de la nave, Mahuru se levantó del módulo de comando, dirigió la mirada en dirección a Anderson, este asintió con la cabeza, dando autorización a que procediera con el encendido de los replicadores de alimento. Mientras Mahuru, vigilada por Anderson y sus guardias, terminaba de replicar una veintena de frascos con píldoras, por la escotilla principal de la nave ingresó un comando fuertemente armado, encabezado por Atiú, el General Ramey y lo que parecían ser pilotos de prueba de la base.

—¡¿Qué pasa Mayor, qué significa esto?! —Reclamó Mahuru.

—Atención, General presente —exclama Anderson.

—Descanse Mayor —contestó el General Ramey.

Mientras Mahuru corría al módulo de comando para apagar el interruptor del control central, Anderson desenfundó su arma apuntándole, impidiendo que ella llegara a los controles.

—Alto, Mahuru, deténgase ¿cree que me engañó al no permitirme estar en la nave cuando usted la fuera a encender, con el pretexto de que la nave por ser inteligente no iba a reconocer mi DNA?

—Pero Mayor, yo no le estoy mintiendo, es que no sé cómo logran estar a bordo con la nave encendida —dijo Mahuru.

—Ya basta los dos, y usted Atiú proceda a encender los mandos de defensa de la nave— concluyó Ramey.

—Pero comandante Atiú ¡¿sí sabe lo que está a punto de hacer?! Si le da acceso a las armas de la nave, estos humanos al no estar capacitados aún para esta tecnología, debe saber muy bien que con esto en un futuro se destruirán.

—Adelante, comandante Atiú, se le a dado una orden, ahora cumpla— ordena Ramey.

Atiú accionando el traductor universal en su SkinPhone y hablando en kaulaniano le dice— Tranquila Mahuru, confíe en mi y haga lo que le digo— dijo Atiú.

—Silencio comandante, repita lo que le acaba de decir

en su lengua alienígena, pero ahora para que lo entendamos —exlama Anderson.

—Tranquilo Mayor, le dije que se tranquilizara, que pensara en sus hijos y siguiera todas las órdenes —respondió Atiú.

—Está bien comandante, prosiga con el plan —dice Ramey.

—Pero señor, yo no le creo, he llegado a la conclusión de que ellos también tienen un plan —señala Anderson.

—Silencio Mayor y usted comandante, adelante, muéstrenos cuáles son las armas con las que cuenta esta maravillosa nave —manda Ramey que se siga con el plan.

—Pero comandante...

—Tranquila, Mahuru, y quédese en donde está— ordena Atiú.

Asintiendo con su cabeza Mahuru, Atiú atraviesa el puente de mando de la nave y procede a accionar el mecanismo de las armas.

—General, le presento el sistema de armamento de la nave, fue diseñado por uno de los mejores científicos kaulanianos, este sistema de defensa al igual que la nave, es inteligente y la nave lo acciona únicamente en caso de encontrarse expuesta a algún peligro inminente, como lo es otra nave enemiga o que reciba el impacto de alguna munición —señala Atiú.

—Dígame, comandante ¿de qué clase de armas estamos hablando? —pregunta Ramey.

—Del tipo sónico, señor.

—Pero explíquese mejor, alienígena ¿a qué se refiere con sónico?— pregunta Anderson.

—Silencio Anderson y dígame, comandante ¿entonces ustedes no usan ojibas nucleares como nosotros?

—Negativo, general, ese tipo de energía hace más de trecientos años de los nuestros, que es obsoleta, ya que al ser empleadas en las guerras, no solo destruían al enemigo, sino también a sus planetas, en cambio las armas sónicas solo destruyen al enemigo, dejando el planeta disponible al vencedor del conflicto.

—Y cuénteme, comandante ¿cómo podemos nosotros tener acceso a este tipo de armas?

—¿A qué se refiere con eso general? —Pregunta la teniente Vázquez interrumpiendo, mientras ingresaba a la nave.

—¡Teniente Vázquez! ya hasta se me había olvidado, que usted cuenta con nivel de seguridad 6 ¡bienvenida! le presento la fortaleza aerea en la cual su amigo Ymir, su familia y Atiú llegaron al planeta azul como ellos dicen.

—Gracias por la bienvenida general, pero no me ha contestado ¿a qué se refiere con "nosotros tener acceso a este tipo de armas"? No tenía idea, general, de que el pentágono estuviera tan interesado en los sistemas de defensa de los visitantes. Mi jefe el Mayor Jesse Marcel, algo me comentó al respecto y por las órdenes que me acaban de enviar de Washington, es de solo estudiar y replicar su tecnología para ser empleada en el futuro en nuestras aeronaves y en eso que los nuevos científicos llaman electrónica, pero ¿armas? ¿para qué más armas? Si con los aliados acabamos de ganar la gran guerra a Alemania.

—Así es, Teniente, pero ahora por lo visto tenemos un nuevo enemigo el cual ya está desarrollando ojibas nucleares, con las que no tardarán en estar apuntando hacia nuestros territorios, es por esa razón que necesitamos contar con armamento más avanzado y si estos mal llamados alienígenas estrellan sus naves en nuestros campos, equipadas con esa tecnología, por su puesto que las vamos a usar, recuerde teniente que para eso justamente se creó esta base.

—Si esa es la tarea de su proyecto, continúe, pero General, debe saber que usted será el único responsable en la manipulación de estas armas de las que no tenemos idea de su funcionamiento, así lo reportaré a Washington. A propósito de armas, Mayor Anderson, ¿es necesario que siga apuntando a la visitante?

—Perdón Teniente, fue necesario amenazar a la oficial y piloto Mahuru, ya que intentó apagar los controles de la nave, los mismos que se habían encendido para el replicado de los alimentos de estos alienígenas.

—Pero no entiendo ¿a qué se refiere? —cuestiona Vázquez.

—Anderson, no confunda a la Teniente, lo que pasó antes de que usted arribara a la nave, una vez que Mahuru había encendido los controles, Atiú, el Comandante a cargo de la tripulación de esta nave, nos comenzó a mostrar la capacidad armamentística con la que cuenta, fue entonces cuando la primera oficial Mahuru intentó sabotear la información que se nos estaba dando, por eso la reacción del Mayor Anderson, era de vital importancia para resguardar la seguridad de todos —Interrumpe Ramey.

—Perfecto, entonces continúe, General, disculpe la intrumisión, recuerde, mi trabajo es resguardar las órdenes encomendadas por Washington —reafirma Vázquez ante las sospechas del Mayor Anderson.

—No se preocupe Teniente la entiendo —concluye el General Ramey.

—Está bien, Mahuru, puede bajar sus manos, y Comandante Atiú, prosiga con su expocisión —manda Anderson mientras guarda su arma.

—Tal como les decía, antes de la interrupción de la teniente, este vehículo aéreo de clase caza furtiva tipo Koriri, perteneciente a las milicias aéreas kaulanianas, es el modelo más reducido con relación a toda nuestra flota estelar, mal llamado por ustedes los humanos disco volador, cuenta con uno de los armamentos más sofisticados de nuestra constelación, ayudado esto por 2 factores, el primero, el armamento sónico de última generación, y el segundo, la hipervelocidad con la que estas naves cuentan, que en caso de un conflicto, se tiene la capacidad de desplazar en solo un par de segundos, una flotilla de mil cazas tipo Koriri a cualquier territorio de algún mundo enemigo, por supuesto, esto gracias a la destreza de nuestros pilotos —explica Atiú.

—Ejemplo, la Tierra señores, su planeta —advierte una Mahuru exaltada.

—¡Calle, Mahuru! Siga con su explicación, comandante Atiú —silencia Ramey.

—Perdón que lo interrumpa General, pero ¿qué quieres decir con ese ejemplo, oficial?— llama Vázquez a Mahuru.

—Que ese territorio a atacar podría ser tu mundo.

—¿De qué estás hablando, mujer? ¿Acaso nos estás amenazando? —interroga Ramey mientras prende un habano.

—Disculpe, General, necesito que termine de hablar la visitante. Mahuru, continúa por favor —Pide Vázquez.

—Es que no sé como decírselo, Teniente.

—Primera oficial Mahuru ¿qué está haciendo?... —pregunta Atiú preocupado.

—¡Silencio, Comandante! Y usted alienígena, responda a la pregunta que le está haciendo la Teniente —exclama Anderson enfadado.

—Por favor —Dice Vázquez, asintiendo con la cabeza a Mahuru.

—Desde que caímos a su mundo y se apropiaron de nuestra nave, han estado en peligro de ser invadidos.

—¿A qué te refieres con eso? El comandante Atiú nos reveló, que era imposible localizarlos desde su planeta de origen —dice Anderson mirando desconfiadamente a Atiú.

—¡Por favor, silencio! Diga Mahuru ¿por qué estamos en peligro de ser atacados? —pregunta la Teniente Vázquez.

—Porque en casa ya saben dónde estamos.

—¿Cómo es que saben dónde están? ¡Atiú! ¿Qué está pasando? —reclama el General Ramey a Atiú.

—El mando central kaulaniano, comandado por mi General Ihorangi, acaba de recibir una señal de auxilio, la que yo personalmente me encargué de enviar hace unos instantes— Dice Mahuru con una peculiar sonrisa.

—¡Pero si usted Mayor la estaba vigilando! —cuestiona Ramey a Anderson.

—¡No entiendo cómo lo hizo, señor! Yo y mis guardias no dejamos de vigilar en ningún momento todos sus movimientos previos al encendido de los replicadores de alimento.

—Por lo visto no la vigiló bien como usted dice, Mayor —reprocha la Teniente Vázquez a Anderson.

—Comandante Atiú, de prisa, confirme si es verdad lo que dice la piloto —pregunta el General Ramey.

—Lo siento señor, pero es afirmativo, el comando central registra que hace 45 minutos desde la nave se emitió una señal de auxilio hacia la Constelación, a la cual ustedes llaman Orión, específicamente a la zona estelar de Alnitak, con destino final al planeta Kaula, en otras palabras, señor, Mahuru acaba de llamar a casa.

—Comandante ¿y no hay forma de cancelar el envío de esta señal? —pregunta Ramey.

—Negativo señor, la señal no se puede detener, ya que está programada para que en caso de un ataque o derribo de una de nuestras naves, el comando central kaulaniano pueda ubicar la existencia de sobrevivientes.

—Es lamentable lo que acaba de ocurrir, esto cambia todo, tendré que reportarlo a mis superiores en el pentágono, por lo que supongo que usted Teniente, igualmente lo reportará a Washington —dice Ramey preocupadamente.

—Tranquilo General, debemos ser sigilosos frente a esta nueva situación y no alterar al resto de los Generales, porque la imprudencia de algunos de ellos revelaría información a la prensa, lo que nos llevaría a un caos mundial— recomienda la Teniente Vázquez, para así evitar un caos entre la población.

—Por esta vez Teniente, seguiré mis instintos, y por supuesto que reportaré la amenaza alienígena al pentágono y usted teniente debería de hacer lo mismo, pero como usted dice, con mucha cautela respecto a los demás Generales, además hágale saber al Mayor Marcel las nuevas condiciones en las que nos encontramos. —Continuó el General Ramey— Mayor Anderson, escolte a la visitante hacia su habitación. Por otro lado, Comandante Atiú, espéreme, necesito hablar con usted.

—A sus órdenes General —contesta Atiú.

—Comandante Atiú, está seguro de que usted no estaba involucrado en este plan —Interroga el General Ramey.

—Negativo señor.

—De hoy en adelante, por su seguridad, será escoltado por un guardia y su nivel de seguridad sufrirá un descenso a nivel 4, eso es todo comandante, se puede retirar.

CAPÍTULO 25
DE REGRESO A CASA

Al mismo tiempo, en el planeta de origen de los visitantes kaulanianos, Fautabe, el fiel compañero y amigo de Ymir, se encontraba trabajando ahora en el laboratorio de viajes experimentales, específicamente en portales dimensionales, ya habían pasado seis días kaulanianos en los que el joven científico, preocupado por el paradero de sus amigos, de quienes tenía hasta el momento un leve rastro dejado por las partículas de energía magnética de la nave, al viajar de un extremo a otro de la constelación después de la explosión de la super nova. Inesperadamente, Fautabe recibió una llamada en su SkinPhone de parte del mismísimo General Ihorangi.

—Adelante General, le saludo— responde Fautabe.

—Yo también te saludo, joven científico.— Continuó el General Iorangi— el motivo de mi llamada, es para darte una muy buena noticia.

—Por favor, dígame que encontraron a mis amigos —contestó Fautabe, ilusionado de poder saber del destino de Ymir y su familia.

—Así parece, mi joven científico, mi gente emplazada en el comando central, me acaba de informar de la recepción de una señal proveniente del cuadrante 13-22, ubicado al otro extremo de nuestra constelación, específicamente de un pequeño mundo primitivo, perteneciente al sistema de una joven estrella.

—Entonces quiere decir que están vivos —exclamó Fautabe.

—No hay que adelantarnos, lo que quiere decir es que alguien vivo tuvo que haber enviado la señal, ya que según mi gente el tipo de señal recibida, solo se envía en caso de una situación de emergencia, como puede ser un ataque o bien que la pequeña nave haya sido estrellada— corrije el General Ihorangi, con la intención de que el joven científico no se haga de falsas ilusiones.

—Bueno, lo importante es que ya sabemos dónde específicamente está la nave, y por obvias razones al menos uno de los tripulantes debe estar vivo para que la señal fuera enviada.

—Pero te recuerdo, mi joven y amigo Fautabe, si se estrellaron en ese primitivo planeta, quizás no todos estén con vida.— subraya el General— Debemos estar cautos y por el momento no informemos de esto a la casa de Ymir ni la casa de Mahuru.

—Disculpe General, pero no creo estar del todo de acuerdo con esa orden, me parece que es importante que las casas de mis amigos sepan que los hemos encontrado, —responde el joven científico, al sentir la necesidad de hacer saber a todos de esta nueva noticia—, es más, esta tarde regresaré al laboratorio de mi colega Ymir para trazar un plano y organizar una expedición, así viajar a ese mundo donde se estrellaron y traerlos de vuelta.

—¿Cómo? ¿Una expedición a ese sector primitivo? Le recuerdo joven Fautabe, que tenemos estrictamente prohibido aparecernos con nuestra tecnología en esa zona, porque podríamos causar una interferencia en la evolución natural de sus habitantes, su proyecto es reprobatorio, es más, la junta del consejo kaulaniano jamás lo autorizaría. Por lo tanto debemos de pensar en opciones más viables si nuestro fin es rescatarlos, ya que tarde o temprano el mando central militar kaulaniano, dará aviso de la señal al consejo mundial, quien seguramente receteará la nave vía remota.

—Entonces con mayor razón, General, debo rescatar a mis amigos y traerlos de vuelta a Kaula.

—Fautabe, antes de que hagas cualquier cosa, me es necesario que tengamos una plática en persona y en un lugar neutro. Por cierto, oficial científico Fautabe, tome estas palabras como una orden.

—A la orden, General, así lo haré.

—Mi asistente Pounamu le enviará vía SkinPhone, las coordenadas de nuestra reunión. Por ahora es todo, mi joven científico, finalmente te saludo.

—Igualmente, General, a penas tenga las coordenadas nos veremos. Yo también le saludo— concluye la llamada el tercer oficial científico, cerrando la sesión en su SkinPhone.

Más tarde en el laboratorio de viajes experimentales, se encuentra Fautabe junto a sus asistentes oficiales técnicos Nyree y Ruihi, trabajando en el ajuste de la última prueba del portal dimensional, para sumar este al sistema de impulso NGWA.

—Señor, ya estamos listos para la última prueba de viajes dimensionales, y esta vez sin el empleo del espectro de realidad virtual e instalado en un modelo a escala más reducida —Informa Nyree.

—Oficial Ruihi ¿se encuentran los controles de tiempo preparados para el viaje de prueba en el portal?— Pregunta Fautabe.

—Afirmativo —contesta Ruihi— el modelo viajará 12 paxel con 13 sygnus al futuro.

—Señor, estamos listos y en espera de su señal— Informa la asistente Nyree al tercer oficial Fautabe.

De pronto interrumpe su trabajo una intermitente luz azul proyectada desde el SkinPhone de Fautabe.

—Perdón, tengo una llamada importante del comando central. Prosigan con los ajustes, vuelvo en un momento.

Mientras Fautabe caminaba hacia los hermosos jardines del laboratorio, en la pantalla virtual de su muñeca izquierda, aparecía Pounamu, la atractiva asistente del General.

—Dichosos los soles que la vieron amanecer, joven Pounamu.

—Gracias joven oficial por esas hermosas palabras, y disculpe esta interrupción, pero el General Ihorangi me pidió que le enviara personalmente las coordenadas para que este atardecer se encuentre cara a cara con él.

—Afirmativo joven Pounamu, comuníquele al General que confirmo mi asistencia.

—Finalmente te saludo, joven Fautabe, y le recuerdo que la hora y la ubicación ya están registrados en su SkinPhone.

Mientras ingresaba de regreso por la puerta principal del laboratorio, los dos asistentes técnicos retomaban nuevamente el experimento. Un Fautabe lleno de esperanza se postraba detrás de lo que se asemejaba a un gigantesco cristal de seguridad.

—Señor, retomamos la prueba en 5... 4... 3... 2... —exclamó Ruihi.

Fue entonces cuando el asistente en la consola de mando, presionó el botón de encendido, poniendo en marcha los enormes sistemas del portal.

—Última pureba de viaje en el portal a 12 paxel con 13 sygnus al futuro— señaló el joven técnico.

—Adelante, Ruihi, hazlo —exclamó Fautabe.

En esos instantes, las consolas principales del laboratorio comenzaron a vibrar, en seguida el diminuto vehículo a escala se comenzó a rodear de una espesa niebla amarillenta, para finalmente desvanecerse saltando al hiperuniverso. Para que una vez pasados 4 sygnus volver nuevamente a la entrada del portal. Todo iba bien, cuando de pronto se escuchó como si fuera un estallido supersónico, una explosión la cual hizo reventar en miles de partículas el cristal que protegía a Fautabe y sus dos asistentes, además de provocar un apagón de energía al edificio en el que se encontraba el laboratorio.

—¡Señor, algo salió mal!— alertó Nyree.

—Sí, pero la cápsula de prueba volvió al laboratorio, lo extraño es que fue en 4 sygnus y no en el tiempo que lo habíamos programado— reportó Ruihi.

—¿Señor, señor, está usted bien? ¿No fue alcanzado por alguna esquirla de cristal?— preguntó Nyree a Fautabe, mientras le ayudaba a ponerse de pie.

—Pero ¿qué es lo que pasó? ¿Están todos bien? —preguntó un Fautabe preocupado por sus asistentes.

—Sí, señor estamos bien —contesto Ruihi— lo que sucedió es que se fue la energía de todo el laboratorio después de la explosión.

—¿Y la cápsula regresó? —preguntó Fautabe buscando entre los escombros.

—Así es señor, regresó, aquí está— respondió Nyree.

—Reactiven la energía de emergencia y confirmen el estado en el que se encuentra la cápsula— dijo Fautabe reincorporándose con ayuda de la asistente.

—A la orden, señor— contestó Ruihi.

Mientras el joven técnico activaba la energía de emergencia y revisaba los sensores que midieron el salto cuántico hacia el futuro, se dio cuenta de que había una anomalía.

—¡Señor, señor tenemos un error de viaje!

—¿A qué te refieres con eso colega? Respondió Nyree acercándose sigilosamente a la consola de los sensores—

Señor mi compañero Ruihi tiene razón, algo extraño ha pasado, seguramente por eso la explosión sónica.

—Explíquense ¿a qué se refieren con eso? —Se extraña Fautabe dirigiéndose hacia sus dos asistentes.

—Señor el salto en el portal dimensional fue efectivo, pero la situación es que en vez de ir al futuro, la cápsula viajó al pasado —explicó Nyree.

—¿A qué pasado te refieres? ¿Al nuestro?

—Afirmativo, señor, la cápsula por algún tipo de anormalidad, saltó al hiperuniverso, viajando a menos 12 paxel, menos13 sygnus, lo que quiere decir es que logramos viajar al pasado, señor —responde Ruihi emocionado por su descubrimiento.

—Este descubrimiento que acabamos de hacer es increíble señores, ya que esto cambiará muchos paradigmas científicos respecto a viajes en el tiempo, porque hasta ahora solo lográbamos realizar pequeños saltos cuánticos hacia el futuro, los cuales empleamos para viajar hasta ahora, al hiperespacio con solo pequeñas naves tipo koriri. Es por esa razón la importancia del invento de mi amigo y colega Ymir y su sistema NGWA —Concluye Fautabe.

—Señor, esto además abre un mundo de posibilidades, por ejemplo, ahora podremos viajar al pasado para advertir de catástrofes a nivel global, siempre y cuando podamos controlar los saltos, ya que se pueden crear múltiples paradojas, obvio, si el Consejo Kaulaniano lo autoriza —Ruihi emocionado también concluye.

—Concuerdo con usted, mi estimado joven Ruihi, lograríamos viajar al pasado para prevenir de algún suceso desafortunado que pasará en el presente venidero, pero también concluyo que la paradoja que se crearía podría alterar nuestro presente futuro. ¿En la academia del saber por casualidad fueron instruidos en torno a la propuesta científica de "la paradoja del abuelo"? —Preguntó Fautabe.

—Afirmativo, señor, por supuesto que lo recuerdo, la paradoja del abuelo propone que si una persona realiza un viaje al pasado y mata al padre biológico de su padre (en otras palabras a su abuelo), antes de que este conozca a la abuela del viajero y puedan concebir. Entonces, el padre del viajero (y por extensión, ese viajero) nunca habrá sido concebido, de tal manera que no habrá podido viajar en el tiempo; al no viajar al pasado, su abuelo entonces no es asesinado, por lo que el hipotético viajero sí es concebido; entonces sí puede viajar al pasado y asesinar a su abuelo, pero no sería concebido, y así indefinidamente.

—Exactamente, mi brillante Nyree, esa es la paradoja que me preocupa ya que si viajamos al pasado y lo alteramos, podríamos afectar el futuro cuántico, lo cual está prohibido por el mismo consejo. Debido a esto, por ahora es mejor que este descubrimiento no lo revelemos al consejo científico hasta que no estemos seguros y lo podamos controlar.— Continuó Fautabe— Soliciten un equipo para que limpie todo este desorden y repórtense mañana a primera hora para que sigamos con más pruebas, pero esta vez con el dispositivo NGWA, propuesto por mi colega Ymir.

—A la orden señor, así lo mantendremos —aseguró Nyree.

Más tarde, cercanos a un parque a orillas de una hermosa cascada que descansaba en la cristalina profundidad de un lago, se encontraba sentado el General Ihorangi, en ese momento ve acercarse al tercer oficial científico Fautabe, ingresando por uno de los puentes de cristal que atraviesan los enormes jardines de Arona.

—Joven Fautabe, por acá, aquí estoy— exclama Ihorangi.

—Sí general —contesta Fautabe al bajar unas enormes escaleras de caracol.

—Aquí estoy, mi joven Fautabe, sentado, contemplando este hermoso paisaje.

—Le saludo mi General, y me disculpo por la hora, pero tuvimos un inesperado descubrimiento en el laboratorio.

—Apropósito, mi joven científico ¿en qué laboratorio estás trabajando?

—En el de portales dimensionales, señor.

—¿Viajes en el tiempo?

—Así es señor, viajes en el tiempo.

—¿Para ser usado conjuntamente en el dispositivo NGWA de nuestro amigo Ymir?

—Afirmativo, General, y de él justamente quería preguntarle, tengo entendido que se recibió una señal de auxilio proveniente del cuadrante 13-22— comentó Fautabe.

—Así es, mi joven amigo. Ahora te pido que me expliques extraoficialmente ¿a qué te referías con eso de irlos a rescatar con una expedición? Sabes perfectamente que eso te condenaría a ti y a tu casa, enfrentándote con un consejo militar, para finalmente desecharte en las minas de Kanoan. Dime ¿has pensado en otro plan que no sea ese? —Pregunta el general Ihorangi, mientras un Fautabe preocupado, pierde en silencio su mirada en el lago— ¡responde Fautabe, tenemos muy poco tiempo! Ya no le podré ocultar al consejo kaulaniano sobre la llegada de la señal, el cual sin duda votará unánimemente por la destrucción vía remota de la nave, ya que jamás, ¡escucha bien!, jamás emprenderán una invasión en ese sector primitivo de la constelación, solo para rescatar una nave con su tripulación. ¡Responda Fautabe! Y a propósito mi joven científico ¿a qué te referías al principio con un inesperado descubrimiento?

—Nada, señor, solamente conjeturas… —Contesta Fautabe como ocultando algo.

—¡Mi amigo, no te quedes callado! Confía en mi, recuerda que mi casa con la casa de Ymir en el pasado siempre estuvieron unidas. Tal como lo declaró el comandante Atiú frente al consejo kaulaniano en una oportunidad, el padre de Ymir fue mi mejor amigo en la academia militar, hasta que lamentablemente tuvimos ese sorpresivo accidente mientras juntos probábamos aquella nave. Por favor, confía en mi, ya que una de las promesas que le hice a Anaru, el padre de Ymir cuando agonizaba, fue la de siempre cuidar de su hijo.

—Está bien General, y gracias por confiar en mí la promesa que le hizo al padre de mi amigo.

—No creas que no pensé en enviar un par de naves por ellos, pero el riesgo es demasiado alto y terminaríamos todos en las minas de Kanoa. —Continúa el General Iorangi— lo que más me aflige no es la pequeña nave, que seguramente los alienígenas de ese primitivo mundo tratarán de desarmar para obtener tecnología, pero de nada les servirá, ya que jamás la van a entender. Lo que verdaderamente me tiene preocupado es Ymir y esos niños, que los quiero como si fueran mis propios nietos, porque si están vivos, seguramente los han de estar estudiando como si fueran unos especímenes exóticos —concluye el General—, lo siento mi amigo, pero es que no sé qué hacer, mas si tú tienes alguna solución, por favor dímela.

—Está bien, General, está bien, me ha convencido, esto que le voy a contar prométame que no saldrá más allá de su mente.

—No suelo prometer nada, pero por esta ocasión así lo haré, mi joven científico.

—General, he logrado viajar al pasado…

—¿Cómo? ¿A qué te refieres? —Interrumpe el General Iorangi.

—Sí, General, logré enviar una nave de prueba al pasado, y lo increíble es que fue al nuestro.

—Pero eso es imposible, además está prohibido… —Dice el General Iorangi antes de ser interrumpido por Fautabe.

—Prohibido, sí, ya sé que está prohibido por el consejo mundial de académicos, pero eso nos da una única oportunidad para traer de vuelta a nuestros amigos.

—No te entiendo, ¿cómo los traerías? ¿Ya has efectuado pruebas? —Pregunta Iorangi.

—Esta mañana, mientras realizaba pruebas en el laboratorio junto con mis técnicos, se hacía uno de los rutinarios envíos de una cápsula de modelo a una escala reducida por uno de nuestros portales dimensionales en conjunto con el sistema de propulsión NGWA. Solo era un ensayo más de los que siempre hacíamos, cuando al momento de programar el callejón cuántico, por error y con una mala programación, el pequeño dispositivo de prueba en vez de viajar al futuro 12 paxel con 13 sygnus, recorrió el mismo tiempo, pero al pasado.

—¡Pero, entonces solo fue un error! —Aseveró el General.

—Sí, un error que nos permitió por primera vez viajar al pasado. ¿Se da cuenta, General, que si logramos controlar las fechas y horas de destino podríamos efectuar un salto cuántico?, con una nave a escala real y con la ayuda del sistema NGWA de Ymir, podría yo viajar a cualquier instante del pasado, como por ejemplo, alcanzar a Ymir y su familia en el momento anterior al despegue, e impedir ese fatídico viaje de aniversario, que los llevó finalmente a ese primitivo mundo.

—¡¿Te has vuelto loco?! Eso jamás se ha hecho y nunca te dejarán llevarlo a cabo, a menos en nuestra civilización, quizás en otros mundos sí lo hagan. Además ¿qué pasaría si al estar hablando con Ymir te encuentras contigo mismo? Quizas él te comprenda y cancele su viaje, pero ¿qué te dirías a ti mismo? Eso sin contar la paradoja que se crearía, desatando una explosión cuántica, la cual te eliminaría a ti del espacio-tiempo.

—General, no se preocupe, porque eso jamás pasará.

—No nos podemos arriesgar. El encuentro con Ymir no deberá ser en Kaula sino en otro lugar— recomendó el General.

—En Mundo Paraíso podría ser, antes de que vengan de vuelta y se encuentren con la explosión de la supernova. De todos modos, General, no es necesario preocuparse tanto por mi integridad física, ya que por las congeturas y cálculos teóricos que hemos desarrollado con respecto a viajar al pasado, las partículas de los cuerpos de los viajeros, según los simuladores sufrirían alteraciones físicas considerables —responde Fautabe bajando la cabeza.

—¿A que te refieres con eso de las alteraciones físicas, amigo?

—Que conforme a lo obtenido en los simuladores… no hay viaje de vuelta.

—Quieres decir…¿que no volverás? —Pregunta el General.

—Afirmativo, General —responde Fautabe.

—¡Pero debe haber otra opción que traiga de vuelta a nuestros amigos!

—Señor, usted sabe perfectamente que no la hay.

Mientras el General Iorangi ponía su mano en el hombro de Fautabe, se perdían en el horizonte, de regreso a través del enorme puente en las inmediaciones de los jardines de Arona.

CAPÍTULO 26
LA INVASIÓN KAULANIANA

De regreso nuevamente y a millones de kilómetros al otro extremo de la constelación, en el mundo azul mal llamado tierra por sus habitantes, ya habían transcurrido varios meses desde aquel conflicto que habría revelado el envío de la señal, provocando cambios significativos en la estadía de los kaulanianos dentro de la base de nombre clave Área 51.

El General Ramey después de haber informado al pentágono de la inminente invasión kaulaniana declarada por la primera oficial piloto Mahuru, pusieron en alerta amarilla todas las bases militares estadounidenses apostadas en todo el mundo. Ymir y su familia continuaron con sus actividades, pero ahora doblemente vigilados. El Comandante Atiú, después de haber sido rebajado a nivel de seguridad 4 y muy vigilado de cerca, deambulaba por los pasillos, tratando este de congrasearse con algunos altos oficiales.

Por otra parte, el Mayor Marcel y la Teniente Vázquez, después de haber reportado a Washington sobre la amenaza de invasión, anunciada por Mahuru con el envío de la señal, se preparaban para recibir a quien por entonces era el secretario de defensa de EE. UU, James Forrestal, quien se encontraba realizando una exclusiva visita a la base de nombre clave, Área 51, en el desierto de Nevada.

Mientras se acercaba a la pista de aterrizaje el enorme avión que traía al Secretario de defensa, un reducido grupo de oficiales encabezado por el General Ramey junto al Mayor Jesse Marcel y la Teniente Vázquez, apostados a orillas de la loza de la pista, esperaban inpacientes.

—Señor secretario, bienvenido a Nevada, nos sentimos muy honrados de contar con su presencia, espero que su estadía en la base sea de total provecho —saludó el General Ramey, estrechando emocionado la mano del secretario Forrestal.

—Evítese General de tantos protocolos y vayamos directamente al grano. Teniente Vázquez, buenos días.

—Buenos días, señor secretario, bienvenido a la base.

—Gracias, Teniente por la bienvenida.

—Señor, le presento al Mayor Jesse Macerl, él es el oficial que tiene a cargo la estadía de los visitantes, tal como se lo comenté en Washington —anunció la Teniente Vázquez.

—Buenos días, Mayor. Según su informe, tengo entendido que uno de los visitantes cuando se encontraba en su nave, logró enviar una señal de auxilio a su mundo de origen, la cual fue interpretada como una posible amenaza de invasión.

—Afirmativo, señor, la señal fue enviada, pero a pesar de las amenazas hechas por uno de los visitantes, también pueden ser solo conjeturas, ya que quizas al verse acorralada, en este caso por las demandas del General Ramey en referencia al sistema de armamento de la nave, ella optó por amenazar a los presentes —le comunicó el Mayor Marcel al Secretario de defensa.

—Pero Mayor, la alinígena fue muy clara, que al enviar la señal de auxilio, y al ser una nave tipo militar, por supuesto que vendrán a rescatarlos y de paso seguramente a destruirnos —exclama Ramey.

¿Entonces cuál es la verdadera situación General?, y usted Mayor le ordeno sea claro y déjese de innecesarios eufemismos, dado que las condiciones de seguridad de la nación lo exijen.

Con una mirada recelosa por la falta de credibilidad hacia el Mayor Jesse Marcel, se acerca el Secretario Forrestal al General Ramey, mientras caminan en dirección de la entrada principal de la base, el General Ramey continúa con su reporte.

—La situación, señor, es que estamos a punto de ser invadidos, es más en cualquier momento, sobre los cielos de nuestra soberana nación, podría aparecer una flota de gigantezcas naves amenazando las principales ciudades, no solo de EEUU, sino que del mundo entero.

—Está bien, General, ya le entendí. Debo suponer que ya elaboraron un plan, ¡o no sé, una señal para ser enviada como un saludo diplomático! —Dice el Secretario.

—Perdón, señor ¿se refiere a un saludo de paz? —Pregunta Ramey.

—¡No sé, General! Yo solo soy el Secretario de defensa, el militar es usted. Dígame ¡¿Cómo lo hacen ustedes en la Guerra normalmente?!

—Bueno…, nosotros lo que hacemos es enviar un emisario con una bandera blanca en son de paz, lo que es interpretado en el frente de guerra como un alto al fuego.

—Entonces eso es lo que se debe hacer, enviar una señal de paz —interrumpe el Mayor Anderson, mientras saluda al General llevando su mano derecha hacia su cien.

—¿Y usted quién es? —Pregunta el Secretario de defensa ante la interrupción del Mayor Anderson.

—Disculpe, señor secretario, le presento al Mayor Anderson, jefe de seguridad de esta base, quien también estuvo presente en el momento en que la alienígena de nombre Mahuru, envió la señal de auxilio a su planeta —contestó el General Ramey.

—Está bien, Mayor, descanse. —Le ordena el Secretario al Mayor Anderson— y dígame ¿podemos tener acceso a los visitantes y a su nave?

—Afirmativo, señor —le quita la palabra la Teniente Vázquez al Mayor Anderson—, el Mayor Jesse Marcel y yo nos pusimos de acuerdo para darnos la tarea de preparar a las 400 horas, un encuentro con ellos, pues previmos que querría tener una reunión con los visitantes, señor.

—Ah, perfecto, me parece muy bien. Nunca está de más el tener un encuentro diplomático, aún más si vienen de tan lejos —felicitó el Secretario James, y prosiguió con la tarea encomendada de ese viaje al Área 51—, continuemos General con el recorrido.

—Adelante, señor, con gusto le haré un recorrido por la base, así podré mostrarle el proyecto en el que estamos trabajando, un proyecto bastante ambicioso, lo hemos clasificado con el nombre de U-2, es un nuevo prototipo de avión espía, fabricado con una nueva tecnología que creo, le encantará.

Ramey sacando de su bolsillo dos enormes habanos, le invita a tomar uno al secretario, y mientras los encienden, acompañados de su seguridad, se alejan en dirección de uno de los enormes angares de la base.

No lejos de ahí, en una de las habitaciones, donde se hospeda Ymir con su familia y ahora también el comandante Atiú, Ulani les hace saber a sus padres la inseguridad que le provoca la reunión que tendrán con el secretario Forrestal.

—Padre, madre, estoy muy agobiada, por el ridículo encuentro que tendremos; ya que por lo visto nos van a exhibir como si fuéramos exóticos especímenes, en un circo, como ellos lo llaman —dice Ulani exaltada y preocupada por la reunión con el secretario James y sus asesores.

—Tranquila, hija, creo que estás exajerando, recuerda bien lo que nos dijeron nuestra amiga la Teniente Vázquez y mi amigo el Mayor Marcel —responde Ymir.

—Pero padre ¿es necesario que estemos nosotros también? —Pregunta Kauri.

—Así es hijos de mi ser, a pesar de que yo no estoy de acuerdo, aún menos después del incidente que hubo en la nave, pero por un pedido especial hecho por la teniente Vázquez tendremos que estar todos, icluso el comandante Atiú. —Que en ese momento venía entrando por la puerta pincipal de la habitación—, te saludo comandante.

—Yo también los saludo— respondía al saludo el comandante Atiú, al tomar asiento en uno de los sillones—, acabo de tener un encuentro con Anderson, quien me comunicó que a ese al cual le llaman secretario, que por lo visto es como el jefe de sus milicias, a parte de querernos conocer y establecer una reunión diplomática, me pedirán que te convenza a ti, primera oficial Mahuru, para que envíes una segunda señal, pero esta vez de paz.

—¿De paz? ¿A qué te refieres comandante? —Responde Mahuru alterada, por la propuesta que les presenta el comandante Atiú.

—¡Por favor, no te alteres! Se trata de una señal diplomática, donde se asiente que los 5 estamos bien, que fuimos rescatados por los humanos después de habernos accidentado en su mundo.

—¡¿Qué?! ¡¿A qué se refieren con eso?! Si eso no es verdad. Si según lo que nos contaste madre, es que abajo cuando estabas replicando nuestros alimentos, ellos intentaron apoderarse del sistema bélico de nuestra nave, además nos han tenido encerrados por más de 2 años terrícolas —pregunta Ulani molesta por la proposición que Atiú les acaba de presentar.

—Les pido que se tranquilicen. Por lo visto estos humanos están asustados por el envío de la señal de emergencia, además de verse muy consternados por las amenazas de invasión que su madre les dijo. Debemos ser muy caustos y por el bien de los 5, seguir con el plan de hacerlos creer sobre una inminente invasión, a pesar de que todos sabemos que el consejo mundial kaulaniano, jamás autorizaría una invasión militar en un mundo tan primitivo como este. Además, es necesario seguir los consejos de nuestros dos amigos, el Mayor Marcel y la Teniente Vázquez, tal como lo dijo Mahuru —les dice Ymir a sus hijos.

—Concuerdo con usted, segundo oficial Ymir, continuaremos el plan ya trazado. Así mismo enviaremos su señal diplomática. Por lo visto solo nos queda esperar a que su amigo Fautabe, con ayuda de su mentor el General Ihorangi, puedan enviarnos una cápsula de rescate —dice Atiú esperanzado de que puedan enviar de Kaula una cápsula hasta la tierra para llevar a cabo un viaje de rescate.

—Comandante Atiú, por primera vez, estoy completamente de acuerdo con usted. De igual manera, le agradezco infinitamente, que al fin me devuelva y reconozca mi grado de segundo oficial científico —agradece Ymir, al comandante Atiú, con una leve sonrisa.

De pronto tocan a la puerta de la habitación donde se encontraban, y aparece la teniente Vázquez, acompañada del Mayor Marcel y un grupo de guardias de seguridad.

—Amigo, venimos por ustedes ¿ya están listos? Yo me adelantaré para esperarlos en el auditorio, mi asistente la Teniente Vázquez los acompañará junto con los guardias hasta el lugar del encuentro, recuerden no opinar sino responder, solo responder a lo que el secretario de defensa les cuestione. Y tú Mahuru, procura controlar tus impulsos, recuerda que también estarán presentes el General Ramey y el incómodo Mayor Anderson. Ah, y antes de que lo olvide, si les piden el envío de una segunda señal, ahora con un mensaje diplomático de la tierra, por favor, acéptenla. Eso es todo, ahora váyanse que los esperan. En un momento nos vemos.

Mientras se adelantaba el Mayor Marcel empleando uno de los asensores, la Teniente Vázquez e Ymir acompañado del Comandante Atiú, seguido por Mahuru, Kauri, Ulani y cuatro guardias, salen en dirección del pasillo central de la base para ingresar al asensor de servicio. Uno de los guardias aprieta el botón del primer piso, mientras las puertas se cierran, un Kauri sigiloso le dice a su hermana Ulani, al mismo tiempo que apaga el traductor universal de su Skin-Phone para hablar en kaulaniano.

—Tranquila, hermana, no te pongas nerviosa, cualquier situación que se presente, ese alienígena se las vería conmigo.

—Shhh, silencio, enano. —Calló Ulani a Kauri. Mientras el asensor continuaba subiendo, uno de los guardias que los escoltaba no les quitaba la mirada de encima a los dos pequeños kaulanianos—, Kauri, te repito, enciende tu SkinPhone, te van a llamar la atención por estar hablando en kaulaniano —recomendó Ulani.

Una vez en la superficie, continuaron por uno de los pasillos con rumbo al auditorio. Llegando a las enormes puertas, la Teniente Vázques les dirije unas últimas palabras antes de entrar a la reunión:

—Por favor, recuerden bien lo que les dijo el Mayor, sobre no hablar de más y solo responder de forma concreta. No olviden que son políticos y militares, por lo que no se medirán a la hora de hacerles preguntas, las que seguramente serán de forma capciosa. Ah, y por supuesto, estarán acompañadas de las incómodas preguntas de Ramey y Anderson.

A la vez que ingresaban al enorme auditorio, fuertemente resguardados por una veintena de guardias, en donde lo que más resaltaba era un pódium, como si fuera la sala de una corte, sentados de tras de lo que parecía ser un largo mezón de color negro, se encontraban el secretario de defensa James Forrestal, a su derecha el General Ramey, y a su izquierda un congresista, seguido por el Mayor Jesse Marcel. Más abajo en un viejo escritorio, se encontraba sentado el Mayor Anderson, que yacía como si fuera una especie de fiscal acusador.

—Bienvenidos, tomen asiento —exclamó uno de los oficiales ayudantes del Mayor Anderson.

La Teniente Vázquez, luego de acompañarlos y esperar a que los kaulanianos se sentaran en 5 incómodas sillas, como si se tratasen de viles acusados en un juicio, tomó asiento en un escritorio fungiendo el papel de abogada defensora; sin quitarle la mirada al Mayor Marcel, mientras levantaba una de sus manos cuestionando a este, en señal de no entender lo que estaba pasando.

—Señor secretario, le presento: esta es la tripulación que venía a bordo de una nave intergaláctica, la cual se estrelló en un rancho a las afueras de Roswell el 8 de julio de 1947, son 3 adultos acompañados de una adolescente y un niño —presentó el General Ramey a los visitantes ante el secretario.

—Gracias, General, por esa explícita exposición —dijo sarcásticamente el secretario—, señores visitantes, bienvenidos al territorio americano. Díganme, señores ¿cuál es su intención? O en otras palabras ¿por qué están ustedes acá?, ¿acaso nos vienen a invadir? —Preguntó el secretario.

Mientras Atiú e Ymir se miraban, Mahuru en señal de desaprobación movía su cabeza de un lado a otro.

—¡Adelante, respondan con la verdad al señor secretario!
—Llamó Ramey a los kaulanianos.

—¡Protesto!— exclamó la Teniente Vázquez, ante los cuestionamientos de Forrestal.

—¿Y ahora usted para qué protesta, Teniente? ¿acaso estamos en un juicio? —dijo en un tono burlón el Mayor Anderson, llamando la atención a la Teniente.

—¿Juicio? Sí, eso es lo que parece, un juicio, allá arriba los jueces, aquí abajo los acusados, frente a mí Anderson, el fiscal, y yo por lo visto la abogada. ¿Me pueden explicar, por favor, qué es lo que está sucediendo? Tenía entendido que esta reunión sería uúnicamente para presentarlos —preguntó la Teniente Vázquez.

—Tranquila, Teniente, solo es un interrogatorio. Dejemos que nuestros amigos visitantes respondan a las preguntas del señor secretario de defensa— responde el Mayor Marcel, guiñándole un ojo a la Teniente Vázquez.

—Tiene razón, Mayor, perdón, me excedí. Pido que retomemos la pregunta que hizo el secretario.

—Señor secretario ¿les puede repetir la pregunta? —dice el Mayor Marcel al secretario, otorgándole nuevamente la palabra.

—Entonces, ¿ya podemos continuar, verdad? Gracias. Les pregunto por segunda vez ¿por qué están ustedes aquí?

En el momento que Ymir apretaba los puños de sus pálidas manos para levantarse y contestar, un Atiú implacable y seguro lo interrumpió reincorporándose rápidamente y haciendo uso de la palabra.

—Antes de contestar, preséntese comandante— le ordena Anderson a Atiú.

—Un momento, vamos a necesitar un traductor, ¿pues cómo le vamos a entender? ¿O es acaso que de tantos años que lleva viviendo en nuestro planeta ya domina nuestra lengua? —preguntó el secretario de defensa.

—No es necesario señor, ellos hablan y comprenden nuestro idioma —le contesta el General Ramey.

—¿A qué se refiere General? ¿Nuestro inglés también lo dominan en otros planetas? Bueno, no me refiero a qué lo hable ¿lo entienden? —corrijió su comentario el secretario Forrestal, ante las miradas desconfiadas de los que se encontraban en el auditorio.

—Disculpe que lo interrumpa, pero es negativo, señor.

—¿A qué se refiere con que es negativo, Mayor Marcel?

—Me refiero a que ellos nos entienden, porque tienen anclado en su cuerpo una especie de radio transmisor que les permite entender otros idiomas.

—Así es, y no solo su primitivo idioma, también más de 60,000,000 de formas de comunicarse en el universo —responde Atiú— Disculpe mi informalidad, señor, me presento, soy el comandante de las milicias aéreas kaulanianas, Atiú, y el oficial con el más alto rango científico de esta tripulación.

—Le agradezco su presentación, comandante, pero le pido por tercera vez que conteste a la pregunta ¿por qué están en territorio americano y si sus intenciones son invadirnos? —repitió Forrestal.

—El primer cuestionamiento se lo contestará directamente la piloto en jefe de la nave siniestrada, la primera oficial Mahuru, quien me acompaña a mi costado derecho, eso será en un momento, por ahora le contestaré su segunda pregunta.

Mientras Atiú dirigía su mirada hacia Ymir y en dirección a los dos jóvenes kaulanianos, desde el lugar en el que se encontraban los enjuiciados, se podía ver al secretario pasando saliva debido a los nervios que lo invadían. Así en un momento, la atmósfera de la sala donde se llevaba a cabo el interrogatorio, se llenó de un profundo silencio.

—Te explico, humano, nuestras intenciones (me refiero a mí y a mi tripulación), jamás fue de invadirlos, ya que el motivo de nuestro viaje, fue con el exclusivo propósito de probar un nuevo sistema de navegación, el que hayamos terminado accidentados en su mundo, eso te lo puede explicar la piloto Mahuru, tal como antes se mencionó. Y volviendo a tu pregunta sobre una posible invasión, las milicias kaulanianas no hacen expediciones, o a lo que tú humano, llamas invasiones a otros mundos en tiempos de paz. Por supuesto, siempre y cuando no se sientan amenazados.

—¿Amenazados? ¿A qué tipo de amenazas te refieres?— pregunta el General Ramey, mientras Atiú se queda callado poniendo su mirada en Mahuru.

—¡Responde, alienígena! ¿Cuales serían las causas de invasión? Danos un ejemplo— subraya el Mayor Anderson.

—¡Conteste comandante!— Exclama el secretario.

—Un ejemplo, terrícolas,—irrumpe Mahuru— sería si una de nuestras naves caza furtivas, cayera por accidente en algún mundo primitivo, donde a su tripulación y a la misma nave, las tomaran cautivas por años e intentaran robarse nuestra tecnología. Por eso, sí, los invadirían. Y por supuesto, no estoy diciendo que vendrían en son de paz, sino en son de guerra.

—¡¿A qué te refieres con eso, muchacha?! —pregunta Ramey.

—¡Señor, que nos van a invadir!— grita Anderson.

Mientras Mahuru se sentaba y tomaba de la mano a Kauri y Ulani, desde el podium el ambiente del auditorio se inundaba de murmuros. El secretario de defensa sacaba por debajo del mezón, un viejo martillo, en el que se reflejaban los inumerables golpes que había dado sobre la cubierta oscura de un mezón bastante usado.

—¡Silencio, silencio en la sala!, ¡orden por favor!— Ordena el Secretario Forrestal, dando con el viejo martillo, repetidos golpes en la superficie del mezón.

Mientras volvía nuevamente la calma entre los presentes del auditorio, Mahuru, Ymir y el comandante Atiú no le quitaban la vista al Mayor Marcel y a la Teniente Vázquez, Anderson se levantaba de su viejo escritorio para acercarse al General Ramey.

—¡Señor, señor, ya escuchó salir de la boca de ese rostro pálido, la amenaza que sí nos van a invadir! Es de suma importancia que usted señor, convenza al secretario de defensa, sobre el peligro que nos acecha y se prepare nuestro arsenal atómico, para enfrentar a este nuevo enemigo— aconseja el Mayor Anderson ante el supuesto peligro que se corre.

—¡¿Pero de qué habla, Anderson, se volvió loco usted?! —Exclamó enfurecido el Mayor Marcel— Debemos ser cautos, pero no solo para defendernos, en lo particular, yo he convivido todos estos años con estos mal llamados alienígenas, los cuales nos han dado muestras de costumbres positivas, un claro ejemplo, es el del amor a la naturaleza y los animales sin la necesidad de comerlos— decía Marcel, mientras volteaba a ver al Secretario. Continuó con su discurso, el cuidado de nuestro planeta, así como el de nuestros ríos, montañas y mares, eso por mi parte, señores, no me suena a bélicos, sino todo lo contrario. Ahora, debido a que ya saben del destino de la nave con su tripulación, a causa de la señal de auxilio enviada a su planeta de origen, es recomendable seguir el plan del secretario de defensa tal como lo dijo en una oportunidad, debemos reenviar, no una señal, mas bien un mensaje, y por supuesto, señores, un mensaje diplomático, con el que se pueda ayudar al retorno de mis amigos visitantes a su planeta de origen— Termina Marcel su discurso, con una mirada de apoyo a sus amigos kaulanianos, que se encontraban sentados frente al largo mesón.

—¡Pero señor, yo me refería! —Corrige Anderson, antes de ser interrumpido por el General Ramey.

—¡Silencio, Anderson! Dejemos que nuestro secretario de defensa decida.

—Gracias, General, así lo haré. Con respecto a su poético discurso, Mayor Marcel, si alguien presente en la sala se quiere volver vegetariano, no hay problema, yo en lo personal, seguiré saboreando las deliciosas costillas que mi hermosa esposa suele prepararme cuando voy a casa.—Dice el secretario de defensa con una leve sonrisa, haciendo mofa de las palabras del Mayor Marcel.— Escuchen bien, señores, por el momento seguiremos mi instrucción. General, —le dirige la palabra al General Ramey—, organice el reenvío de una nueva señal desde la nave, esta vez integre no solo a la teniente Vázquez, sino también al Mayor Marcel, que por lo visto tiene una relación demasiado amistosa con nuestros visitantes. Por supuesto, deberá hacerse con la colaboración del comandante Atiú y su tripulación. La fecha de la emisión tendrá que efectuarse lo antes posible.

—A la orden, señor secretario —respondió Ramey—, Mañana, a las 700 horas, citaré al personal de ingeniería, así como a todos los científicos involucrados, para que preparen un mensaje y sea enviado con ayuda de la tripulación kaulaniana.

—Perfecto, General, queda usted a cargo de esta misión. Por lo pronto, ahora me retiro— terminó el secretario.

Una vez de pie, el secretario de defensa, junto a sus ayudantes y escoltas, caminando con rumbo a donde estaban los kaulanianos, volteó a ver al Mayor Marcel, fijando su mirada en él.

—Mmm, ¡que sea Marcel! —exclamó el secretario Forrestal, y al momento todos se detuvieron para escucharlo nuevamente.

—Perdón señor ¿qué quiere decir?— preguntó Ramey.

—Que pensándolo bien, la señal diplomática, será mejor que la escriba el Mayor Marcel, aprovechando que está familiarizado con los visitantes, y por lo visto los conoce mejor que nosotros. Ah, y señores, es una orden —concluyó el secretario, al mismo tiempo que se acercaba a Atiú para despedirse de él y su tripulación.

—A la orden, señor— Contestaron al unísono el General, los Mayores y la teniente Vázquez.

—Comandante Atiú, le pido disculpas a usted, a su primera oficial, e Ymir ¿verdad? ¿Ese es su nombre?, y a su familia, por el inaceptable trato, del que muchas veces fueron víctimas; les pido que comprendan y entiendan, que es una reacción típica del personal militar frente a una tecnología completamente desconocida para ellos, además de su fisonomía que los hacen ver como si fueran arios, y como justamente venimos de terminar un conflicto mundial que involucró a varios ejércitos enemigos mundiales, encabezados por una doctrina de apelativo nazi, la cual nos dejó 55 millones de víctimas.

—¿Se refiere usted a Hittler y su llamado "linaje puro" en la segunda gran guerra?, sí, quizás nos parecemos, pero solo de apariencia. A propósito, secretario, te presento, él es Ymir, segundo oficial científico de nuestra tripulación— le presentó el comandante Atiú a Ymir, extendiendo su mano hacia su compañero.

—Oficial, estoy encantado de por fin conocerlo, la Teniente Vázquez, me ha hablado mucho de usted, elogiando el gran interés que tiene por nuestra historia.

—Gracias, secretario, con mis 2 hijos la hemos estudiado. Por otro lado, comprendemos la reacción a nuestra tecnología y fisonomía. En nombre mío y de mi familia, te pido una sola cosa, que contribuyas para nuestro pronto regreso a casa. Por nuestra parte colaboraremos con el reencendido de los controles de nuestra nave, para enviar el mensaje solicitado por usted, pero eso es todo lo que podemos hacer; sobre la reacción que pueda tener el consejo militar kaulaniano, no está en nuestras manos, existe la posibilidad de que reaccionen de forma optimista a tu saludo diplomático y envíen una cápsula de rescate por nosotros, o bien, reaccionen mal y lo tomen como una amenaza— contestó Ymir.

—Entiendo, Comandante, y asimilo tus sabias palabras —respondió el secretario de defensa pensativo, ante el riesgo que implicaban dichas premoniciones.

—Además, hay algo que me preocupa y es de suma importancia; resulta que en una ocasión una de nuestras cápsulas de prueba, debido a una mala programación, terminó estrellándose en una colonia enemiga en un mundo distante de nuestro sistema, y para no enviar a ella un destacamento de rescate, decidieron resetearla con un dispositivo a distancia, eso, señores, me preocupa.

—¿A qué se refiere con eso, Ymir?, ¿piensa usted, que pueden enviar una señal de reseteo a distancia y hagan explotar nuestra nave? Si es así, sin duda se provocaría un gran desastre —dijo Atiú previendo el riesgo en el que se encontrarían, si tal acción se llevara a cabo.

—¿Cómo? ¿A qué se refieren, comandante? ¿No hace unos momentos nos hablaba del envío de una cápsula de rescate, o algo parecido? ¿Ahora esto qué significa? —Preguntó atónito el secretario, ante la nueva declaración de Ymir.

—Lo que dice el segundo oficial, es que vía remota podrían destruir nuestra nave. El problema es que al ser de tipo militar y no como la cápsula de prueba a la que se refiere Ymir, por el sistema NGWA y todo el equipamiento bélico con el que cuenta, la explosión sería equivalente a la detonación de 20 bombas atómicas, lo que haría desaparecer todo el estado de Nevada —Alertó Atiú al secretario de defensa, por lo que podría pasar.

—¡Oh, por Dios!¡¿De qué estás hablando?! —Exclama el

secretario, tambaleándose hacia atrás al mismo tiempo que la Teniente Vázquez lo sostiene del brazo, evitando que desvanezca, producto de la inesperada noticia.

—¿Señor, se encuentra bien? —preguntó la Teniente Vázquez.

—Me siento bien... Me siento bien, no se preocupe.

—Pero señor, está pálido. De prisa, tráiganle una silla al secretario —exclama Ramey, mientras el secretario Forrestal toma asiento ayudado de la Teniente y Ramey. Ymir acercándose al General, con su mano rodea la muñeca del secretario, para medir su estado de salud mediante su Skinphone.

—¿Pero qué está haciendo hombre? —preguntó el secretario.

—Señor, no se preocupe, confíe en él, solo lo está examinando para saber su estado físico. Le aseguro, señor secretario, su rostro pareciera ser una hoja de papel— dijo Marcel, asegurando que lo que hacía Ymir, no implicaba ningún riesgo.

—¡Tiene razón, señor, está usted muy pálido!, rápido, de prisa, traigan un vaso de agua con azúcar —grita la teniente Vázquez a los guardias.

Mientras Ymir continuaba tecleando su SkinPhone en modo de análisis físico médico, con su mano derecha, efectuaba recorridos como si fuera un scanner, desde la cabeza del secretario, hasta llegar a su cintura. Con unos registros indescifrables, escritos en idioma kaulaniano, se reflejaban en la pequeña pantalla de su SkinPhone, conjuntamente con los órganos del interior del cuerpo del secretario James, como si se tratase de un sonograma, todo esto seguido por los sigilosos ojos de la escolta personal del secretario.

—Dígame, Ymir, cómo se encuentra el secretario, ¿qué datos le arroja ese artefacto? –cuestionó el General Ramey.

—¡Por favor, Ymir, responda! —Pidió la Teniente Vázquez, cuando el secretario cerraba sus párpados dando un suspiro.

—Ahora se encuentra estable, su jefe sufrió un shock de tipo nervioso, por el momento le he aplicado una dosis de un sedante a través de un impulso magnético, en unos minutos más se reincorporará —dijo Ymir ante la incredulidad de los presentes.

Ymir desactivando su SkinPhone, ahora con un mejor semblante, el secretario comenzó a reaccionar tomando la mano de Ymir en señal de agradecimiento.

—¿Cómo te sientes, humano?— Le preguntó Ymir con una leve sonrisa en el rostro—, te pido una disculpa, creo que tu reacción fue por mi culpa.

—No te preocupes de eso, amigo, te agradezco en verdad y desconozco su tecnología, pero en este momento, gracias a ella me siento muy bien.

—Señor secretario, con todo respeto, pero a mi me preocupa que el alienígena haya manipulado su cuerpo, o aún peor, señor, su cerebro. Es urgente llevarlo a nuestra clínica, para que sea usted sometido a un riguroso examen, por parte de los médicos de la base. —Exclamó Anderson.

—¿De qué estás hablando, hombre?, ¡¿no te das cuenta que a quien tú llamas por alienígena, quizás le acaba de salvar la vida al secretario con su tecnología?! —responde Marcel enfadado ante la injustificable preocupación del Mayor Anderson.

—¡Silencio los dos!— llama el secretario a los Mayores y después se dirige a los visitantes— Y a ustedes kaulanianos, les agradezco, ya me siento mejor.

Reincorporándose al ponerse de pie el secretario Forrestal, al mismo tiempo, los kaulanianos desactivaban su SkinPhone, para proceder a hablar en su indescifrable idioma, aprovechándose de la atención centrada en el secretario. En ese instante, Mahuru, accionando nuevamente el traductor universal, se acerca al secretario.

—Dime, terrícola ¿es verdad que tú eres el humano con más alto cargo militar, en tu mundo?

—En esta nación sí— responde Forrestal a Mahuru—. Pero existe otro, que tiene a su cargo el mando de presidente, y al cual yo me reporto.

—Entonces hay algo que debes saber. Con respecto al tema de la invasión, tengo que decirte que jamás se ejecutará, esa amenaza fue mía y únicamente fue de carácter personal, dado que las milicias kaulanianas, nunca se atreverían a invadir en tiempos de paz, un mundo tan primitivo como este. Por otro lado, la opción del reseteo remoto desde el mando militar kaulaniano a nuestra nave, será la resolución más probable convenida por el consejo, así que deberías de informarle a ese humano llamado presidente, sobre esta inminente amenaza, para que comiencen a desalojar a tu gente comprometida en la mega explosión, que sin duda hará desaparecer a una gran parte del territorio de tu nación, destruyendo campos y ciudades. —Advierte Mahuru.

—Si esa es la verdad, me alegro de que no seremos invadidos, al mismo tiempo le agradezco que me haya hablado con la verdad, oficial Mahuru. Ahora me retiro, necesito urgentemente ver al presidente, para diseñar un plan de acción para evacuar todo el estado de nevada y sus alrededores. Y usted Ramey y Marcel, acompáñenme hasta el avión.

Mientras, los kaulanianos al ser retirados de la sala, siendo escoltados por dos guardias, la comitiva del secretario acompañada por el General Ramey y el Mayor Marcel, se dirigían apresurados hacia el hangar número 13, donde lo esperaba la enorme aeronave que llevaría al secretario de defensa a Washington.

—Escuchen bien lo que les voy a decir a los dos, creo que

tenemos la confianza de los kaulanianos en nuestras manos, la buena noticia, señores, es que por lo visto no debemos preocuparnos por una invasión extraterrestre, la mala noticia, es que tal parece, nuestros colegas al mando de las milicias de ese planeta, suelen deshacerse de los problemas a distancia, un tipo de tecnología impensable para nosotros, en otras palabras, se van a deshacer de este problema eliminándolo de raíz con una explosión atómica. En lo personal, —en ese momento, se detiene el secretario para sacar un puro de su bolsillo y lo enciende mientras siguen caminando— les repito, en lo personal, quizás yo habría dado la misma orden. Señores, en resumen, estamos frente a una amenaza que atenta contra nuestra base, lo que implica poner en riesgo nuestros prototipos de aviones clasificados, y por supuesto los miles de habitantes del sur de Nevada, Utah, Arizona y California, los cuales serían alcanzados por la onda expansiva, al hacer explosión la nave alienígena— Mientras continúa caminando hacia el hangar, les dice el secretario James Forrestal.

—Señor, se me ocurre una idea, ¿y si sacamos la nave de la base para llevarla a otro lugar? Así se evita la destrucción de la base con todos nuestros prototipos de aviones, así como nuestro arsenal atómico —aconseja Ramey.

—Discrepo con su idea, General —dice Marcel—, porque de mover la nave un centímetro, el mando kaulaniano se daría cuenta, dado que seguramente conocen su ubicación y lo que provocaría que ordenen su destrucción, además, Dios no lo quiera, pero si por tal motivo llega a hacer explosión, el mejor lugar para esto es en donde nos encontramos, recuerden que sus condiciones desérticas, fueron la razón de que el Área 51 se ubique en estos paralelos, siendo la zona con menos civiles con el que cuenta nuestro territorio. En conclusión, lo que podemos hacer, es trasladar de noche todos nuestros prototipos clasificados, ya sean de aviones, vehículos y armamento de vuelta a Roswell. Esa es mi opinión, señor secretario, para que se la plantee usted al señor presidente.

—Me es difícil decir esto, pero debo aceptar que tiene razón, Mayor, porque si estos malditos alienígenas deciden hacer explotar la nave, las bajas serían mínimas, debido a la poca densidad de población aquí en Nevada y sus alrededores —comentó el General Ramey, apoyando la idea del Mayor Marcel.

—Gracias, General —contestó Marcel.

—Perfecto, me alegra que por fin se pusieran de acuerdo en algo. Por el momento vamos a mantener todo esto con un nivel de seguridad 6, ultra clasificado. El día de mañana en cuanto envíen la señal con el saludo, le informarán del resultado a mi asistente personal, la Teniente Vázquez.

—¿Asistente? —Interrumpiendo al secretario, exclaman el General y el Mayor.

—Así es señores, es mi asistente. Cualquier cosa, repórtense con ella; ella tiene línea directa con Washington

—Mientras asciende en las escaleras el secretario de defensa, responde el secretario.

—¡A la orden, señor! —Replican Marcel y Ramey.

—Ah, lo estaba olvidando, Mayor Marcel, se la encargo, cuídemela —concluye el secretario, entrando a la puerta del avión.

Al mismo tiempo que el avión del secretario de defensa de los EEUU, tomaba la pista número 4 para después perderse en el cielo, el General Ramey y el Mayor Marcel, abordaron un viejo jeep Willy, el cual lo llevaría en dirección a la entrada principal del comando aéreo.

—¡Vaya! Qué sorpresa para usted Mayor, al enterarse que su asistente se reportaba directo con nuestro jefe en Washington —Comentó el General Ramey, con una sonrisa de sorpresa al Mayor Marcel.

—Así es, General, a mi también me tomó por sorpresa ¡quién diría, no! Que la humilde y a la vez sencilla Teniente Vázquez, sea nada más y nada menos la asistente personal del secretario de defensa de los Estados Unidos de América. Perfecto, General, entonces, quedamos para mañana a las 700 horas, me presentaré con la tripulación kaulaniana, en el búnker número 6.

—Hasta mañana, Mayor —se despide el General Ramey.

—Hasta mañana, General.

CAPÍTULO 27
UN MENSAJE DE PAZ

Cuando el reloj marcaba las 6:45 de una fría mañana en el subterráneo número 6, ubicado en el subsuelo de la base de nombre clave, Área 51, por uno de los pasillos que conectaban con el enorme búnker, venían caminando con lentos pero firmes pasos, el segundo oficial científico Ymir, seguido de cerca por la primera oficial piloto Mahuru y el Comandante Atiú, acompañados por una escolta de 3 guardias, fue entonces, cuando de uno de los tres ascensores principales, se veía salir a quien a partir de ahora, se sabía que era la asistente oficial del secretario de defensa, la Teniente Lucille Vázquez, para reunirse con el grupo de kaulanianos y entrar al enorme búnker, donde la colosal nave se encontraba rodeada por una veintena de hombres, de los que sobresalía el Mayor Marcel acompañado del jefe de seguridad de la base, el Mayor Anderson y el robusto General Ramey, que en el rostro de este último, resaltaban unas profundas ojeras, seguramente producto de un largo insomnio por la latente amenaza alienígena.

—Buenos días, Teniente —saludó Ramey, dirigiéndose con mucho respeto a la Teniente Lucille Vázquez— ya está todo preparado.

—Gracias, General, los visitantes también se encuentran listos. Así mismo, ya le entregué a la piloto Mahuru el contenido del mensaje, el cual enviará hacia su planeta de origen, al encender los controles de la nave —respondió la Teniente Vázquez.

—Pero que sea sutil, y lo más importante ¡muy diplomático! Me refiero al mensaje, Teniente —resaltó el General Ramey.

—Por su puesto, General, concuerdo con usted sobre el contenido del mensaje, el cual la primera oficial Mahuru ya lo tradujo al kaulaniano. Y ahora se encuentra listo para ser enviado a su destinatario —dijo la Teniente.

Por otro lado, sobre la rampa que da acceso a la colosal nave kaulaniana, Mahuru en compañía del comandante Atiú, acompañados por el Mayor Marcel, ingresan al puente de mando de la nave, cuando al mismo tiempo, Ymir, el General Ramey y un Anderson desconfiado, vigilan todos los movimientos desde la loza del enorme búnker.

—Esta vez espero que tu mujer, alienígena, no vaya a cometer la misma estupidez de la vez pasada, porque ahora estará siendo vigilada de cerca por mis mejores hombres, los cuales están autorizados para emplear sus armas de ser necesario; claro, siempre y cuando tu hermosa esposa, quiera activar algún tipo de armas del arsenal de la nave —amenazó Anderson, con una leve sonrisa.

—No te preocupes, "humano" —contestó Ymir sarcásticamente—, si mi esposa Mahuru, perdón, si la primera oficial piloto Mahuru, les dio su palabra sobre el reenvío de un segundo mensaje, esta vez con la intención de un saludo diplomático por parte de tu mundo, tengan por seguro que sin duda lo enviará. Permítame contarle a usted Mayor y a usted General, que en la cultura kaulaniana, que por supuesto, es aun más milenaria que la humana, toda promesa que se hace, incluso al enemigo, se hace con algo que se encuentra en el interior a lo que nosotros llamamos segunda mente, que en tu idioma se entendería como *honor*. A diferencia de tu primitivo mundo, en el que curiosamente solemos verlos estrecharse sus cortos brazos, o incluso llegar a entrelazar sus cuerpos en señal de promesa, y a pesar de eso, en muchos de los casos, traicionar su palabra de honor, para jamás ser cumplida —dijo Ymir.

En ese momento Ramey retira bruscamente de sus labios el enorme habano, para después voltear a verlo con unos enormes ojos.

—Perdón, General, creo que me excedí con mi explicación— corrigió Ymir.

—¿Qué? ¿Honor?, ¿a qué te refieres con eso? ¿Segunda mente? ¿Qué es eso? —preguntó exaltado el Mayor Anderson.

—¡Silencio, Anderson, ya cierre la boca! Necesito que usted y sus hombres estén atentos a los movimientos que harán en la nave, para que no pase lo de la vez pasada, que por un descuido, la piloto se aprovechó de esa distracción y terminó enviando una señal de auxilio a su mundo —dijo Ramey, llamándole la atención al Mayor.

—¡A la orden, señor! Ya escucharon al General. A todo el personal de seguridad presente en el búnker, atentos a todos los movimientos que efectúe la tripulación alienígena que se encuentra al interior de la aeronave —responde y exclama el Mayor Anderson.

Al mismo tiempo, en el interior de la nave, un curioso Marcel mira asombrado a los dos tripulantes, Mahuru y Atiú, descargar de su SkinPhone el contenido del mensaje en una especie de delgada tarjeta transparente, de aproximadamente unos 5 centímetros de diámetro, como si se tratase de un vidrio circular, para ser introducida en una ranura ubicada al costado derecho de los mandos principales de la imponente nave. Todo esto mientras Mahuru, vestida con su traje de vida, al estirar su brazo enciende el mando principal, listo para el envío del mensaje. Al encender los mandos principales de la nave, aparece una innumerable cantidad de luces, que se entrelazan con miles de indescifrables textos rojizos en idioma kaulaniano, sobre un fondo negro, mientras su compañero tripulante, el Comandante Atiú, la observa detenidamente.

—Prevenida, primera oficial Mahuru. A la cuenta de menos 5, active el envío de la señal —dijo Atiú.

Mientras Marcel, observaba a los dos kaulanianos manipular esa extraña e incomprendida tecnología para él, voltea y dirige su mirada a su amigo Ymir que se encontraba fuera de la nave, sobre la loza del búnker, junto a Ramey y un desconfiado Anderson.

—A la cuenta de menos 5... 4, 3, 2, 1... —exclama Atiú.

—Tenemos conexión...Y... Mensaje enviado —Informó Mahuru a la tripulación.

—Entonces... ¿Eso es todo?, ¿ya se envió? —preguntó un sorprendido Marcel.

—Así es Mayor, ya se envió la señal diplomática que usted redactó. A continuación, la oficial Mahuru, le hará un reporte del envío —respondió Atiú.

—Gracias Comandante Atiú, realmente estoy muy sorprendido con su tecnología, con razón Ramey y el pentágono, han mostrado tanto interés en ella.

En ese momento, mientras el Mayor Marcel concluía su diálogo con Atiú, ingresaron a la nave el General Ramey, sus dos escoltas, Ymir y el indeseable Mayor Anderson.

—Informe la situación, Mayor Marcel. Dígame ¿ya se envío el mensaje con el saludo? —preguntó el General Ramey.

—Afirmativo, General, las órdenes del secretario de defensa, James Forrestal, fueron cumplidas al pie de la letra. A continuación, la primera oficial piloto Mahuru, nos dará un reporte del envío —contestó Marcel.

Mientras Marcel contestaba las preguntas del General; Mahuru, extraía de la ranura ubicada al costado derecho de los mandos principales, el pequeño disco transparente que contenía el mensaje, para transferir la información al traductor universal de su Skinphone y poder dar a conocer el reporte.

—Perfecto, ahora que estamos todos, la primera oficial Mahuru, nos presentará el reporte del envío —exclamó Atiú, mientras volteaba para mirar hacia los ojos de Mahuru.

—Señor, la consola central de la nave reporta lo siguiente:

> Envío de una segunda señal.
> Tipo de mensaje: diplomático.
> Origen: ubicación actual:
> Registro universal: planeta clase "M", del cuadrante A13-H22, con registro número 23-PE.
> Destino del mensaje: planeta clase "M", del cuadrante Alnitak, con registro de nombre "Kaula".
> Tiempo de envío de la señal: .02 sygnus.
> Contenido del mensaje:

> *Saludos desde el planeta Tierra, al pueblo del planeta Kaula.*
> *Yo, Harry S. Truman, Presidente de los Estados Unidos de América, en representación de los habitantes del planeta Tierra, por medio de este mensaje, hago envío de un cordial saludo y aprovecho la oportunidad que me permite su avanzada tecnología para expresarle lo siguiente.*
> *La tripulación de la nave aérea, que se siniestró en nuestro territorio, se encuentra en perfecto estado físico, alojada cómodamente sin ningún tipo de restric-*

*ción, cercana al sitio del accidente y en total libertad,
para ser rescatados en cuanto se den las condiciones
e instrucciones por parte de ustedes.*

*El vehículo aéreo siniestrado, según su tripulación, se
encuentra inhabilitado para poder realizar el retorno a su planeta de origen.*

Quedamos pendientes a su respuesta.

*Harry S. Truman, Presidente de los Estados Unidos
de América.*

—Fin del reporte, señor. A continuación, procederé al apagado de los controles centrales de nuestra nave —concluyó Mahuru.

—Gracias por su reporte, primer oficial Mahuru, ahora se puede retirar, en compañía del segundo oficial Ymir.

—Pero señor…— exclamó Mahuru.

—Oficial piloto, es una orden —interrumpió Atiú, mirando fijamente a los ojos de Ymir.

Mientras Mahuru acompañada de Ymir, bajaban por la rampa de la colosal nave, Marcel no dejaba de observarlos al ver como se alejaban por uno de los pasillos que los llevaría hasta el área de ascensores, al mismo tiempo que eran escoltados por 4 guardias.

—Disculpe, General —dijo Atiú.

—No se preocupe, Comandante, ahora lo importante es que al fin se logró enviar la señal con nuestro saludo. Ah, y a propósito del saludo, lo felicito por el contenido del mensaje, Mayor Marcel, como lo dije en una ocasión, nunca dejará de sorprenderme, Mayor —dijo el General Ramey.

—Justamente de eso le quería comentar, señor… —dijo Marcel al ser interrumpido por el General Ramey.

En ese momento, la Teniente Vázquez, ingresa a la nave escoltada por dos de sus ayudantes.

—Teniente, justamente estaba felicitando al Mayor, por la redacción del mensaje enviado a esos kaulanianos —comentó el General Ramey.

—Concuerdo con usted, General, a mi también me pareció un excelente mensaje enviado y escrito de puño y letra del propio presidente —aseveró la Teniente.

—Perdón, no entiendo, Teniente, el mensaje que escribió el Mayor, por obvias razones estaba firmado por nuestro presidente, pero tengo entendido que fue escrito por el Mayor, ahora no entiendo a qué se refiere con lo de "puño y letra".

—A eso me refería hace un momento, señor —continuó el Mayor Marcel—, yo había redactado un saludo diplomático, tal como fueron las órdenes del secretario Forrestal, pero durante la mañana, la Teniente Vázquez me informó, que personalmente el presidente, escribió el mensaje en Washington, para hacerlo llegar a la Teniente aquí en Nevada.

—¡Ah, fue nuestro presidente! Con razón la eficaz diplomacia del saludo, digna de un mandatario frente a un adversario. Eso sin dejar de reconocer la calidad de su trabajo de usted Mayor.

—No se preocupe, General, y muchas gracias por sus halagos, se los agradezco —respondió sonriente un agradecido Marcel.

—¡Por cierto! Tenía entendido, que el presidente pasó la noche de ayer en New York, qué extraño, porque el mensaje, dice usted Teniente, vino de Washington, bueno... seguramente son estrategias del servicio secreto para despistar a esos malditos soviéticos —Dijo el General Ramey, con una sarcástica carcajada.

—Afirmativo, General, sin duda fue por un tema de seguridad —respondió la Teniente Vázquez.

—Ahora, nos queda esperar la respuesta del mando kaulaniano, que hasta el momento ha sido incierta. La prioridad en estos momentos, es evitar a toda costa el reseteo a distancia de la nave, ya que la explosión, sin duda, provocaría tener que evacuar miles de habitantes de este estado, eso sin contar aquellos de los estados de Utah, Arizona y California. —Prosiguió Marcel—. Una pregunta, Teniente, a parte del mensaje ¿el secretario de defensa le comentó sobre la decisión del presidente?

—Afirmativo, Mayor, pero solo fue para comunicarme que esta tarde se reuniría con altos mandos de la defensa, para tomar una decisión en torno a la amenaza.

—Disculpe, Teniente Vázquez, creí que el secretario Forrestal se reuniría con el presidente —cuestionó el General Ramey a Vázquez.

—Posiblemente debe ser porque el presidente está de viaje, como usted dijo. Por el momento, solo nos queda estar atentos a la decisión del mando militar kaulaniano que, por lo que me contó Mahuru, es muy estricto, lo que los lleva a tomar decisiones, muchas veces y en su gran mayoría, extremas.

—Entonces, a partir de ahora todas nuestras acciones dependerán exclusivamente de la decisión que tomen esos kaulanianos, a nosotros nos queda estar atentos y en espera de las órdenes para una inminente evacuación de todo el personal de la base —concluyó el General Ramey.

Mientras Ramey junto con Atiú, la Teniente Vázquez, escoltados por Anderson y sus hombres abandonaban la nave kaulaniana; por otro lado, Ymir y Mahuru ingresaban por la puerta de su habitación, de la que se escuchaba salir las risas de sus hijos Kauri y Ulani, acompañados por Liam.

—¡Madre, padre, bienvenidos! Cuéntenos, ¿se pudo enviar el mensaje a nuestra casa? —preguntó Ulani emocionada, mientras le soltaba la mano a su nuevo amigo Liam.

—Sí madre cuéntanos —insistió Kauri, deseoso de saber si podrían regresar a su planeta.

—Está bien hijos, pero díganme, ¿a qué se debían esos gritos? —cuestionó Mahuru.

—¡Risas, madre, risas! Así le llaman los humanos a esa expresión de alegría, la que nosotros los kaulanianos hace mucho tiempo dejamos de practicar en nuestro planeta —contestó Ulani, con una sonrisa dibujada en su rostro.

—¿Risas? ¿Y a qué se debía esa expresión tan sonora? Porque desde afuera de los pasillos donde están apostados los guardias de Anderson, se podían oír —preguntó Ymir sonriendo.

—Lo que pasa padre, es que mi hermana y yo estamos tratando de que Liam aprenda a pronunciar palabras en kaulaniano —respondió Kauri.

—Está bien, hijos de mi ser, pero por ahora necesito hablar a solas con ustedes dos. Oficial Liam, por favor, nos puedes dejar por un momento —pidió Mahuru.

—A la orden, señora —contestó Liam, levantándose de uno de los sillones.

—Pero madre, Liam hace mucho tiempo que es nuestro amigo, a parte nos ha ayudado a mí y a Kauri en repetidas ocasiones con Anderson y sus guardias. Te lo aseguro madre, Liam es de nuestra entera confianza. Además, en poco tiempo mi cuerpo estará preparado para reproducirme —dijo Ulani.

—¿Qué? ¿A qué te refieres con eso? —preguntó exaltado un Liam sonrojado.

—No te preocupes, Liam, para ustedes quizás el reproducirse sea considerado en su sociedad prácticamente un tabú, en contraste, en nuestro mundo, los jóvenes kaulanianos cuando llegan a su etapa reproductiva, los padres suelen aprobar dichas prácticas que anuncian el inicio de un nuevo ciclo sanguíneo, o en familia, como ustedes le dicen en su mundo— dijo Mahuru, mientras tomaba la mano de Ymir.

—¿Peeerdón? Se refiere a que ustedes estarían de acuerdo a que yo y su hija podamos tener, este bueno, supongo unaaaa… Mmm… Relación ¿más íntima?

—¡¿Qué?! ¿Te refieres a mi hija y tú?, ¡no! ¿Cómo crees? eso jamás podría ocurrir, menos entre un humano y una kaulaniana. Además, nuestros cuerpos y su genética lo impiden, razón por la que está prohibido en todo el universo —respondió Mahuru exaltada.

—Pero madre, padre, mi segunda mente en verdad lo ama. Bueno eso es ahora, porque al principio cuando llegamos, para mí todo era diferente a nuestro hogar, su fisonomía tan diferente a la nuestra, claro, me refiero a estos humanos, ya que como jamás hemos salido de esta base son los únicos que conocemos y vemos a diario en los pasillos. Y padre, cuando conocí a Liam por primera vez, a pesar de no ser físicamente como nosotros, me cautivó, es tan diferente a los otros, él es muy especial y creo que me ama —contestó Ulani, exigente en defensa de su relación con Liam.

—Hija de mi ser, ya escuchaste a tu madre, no puedes amar a un humano, recuerda de donde venimos, no somos como ellos, además, quién sabe qué cosas te harían, si se llegan a enterar de lo que hay entre ustedes, experimentos en laboratorios, cosas horribles que estos mal llamados científicos, te harían. Mi amigo el mayor Marcel me comentó en una ocasión, sobre los horribles experimentos que practicaban médicos nazis, en los campos de concentración durante la gran guerra. Si eso hacen con los humanos, imagínate lo que harían contigo. Ulani, hija, no podemos arriesgarnos. Ya que dices, que el oficial Liam es de tu entera confianza, supongo que ya le comentaste sobre la longevidad kaulaniana en relación a la de ellos… —cuestionó Ymir.

—Pero padre, no se supone que es algo que ellos ¡no deben saber! —contesto Ulani.

—Hija, si en verdad amas o te gusta, como dicen en este mundo, al joven Liam, debes contarle la verdad y revelarle tu verdadera edad —dijo Mahuru.

—¿Tu verdadera edad?, pero si tienes 17 años, por eso aún vas al colegio, además ¿a qué se refieren con eso de longevidad? —Prosiguió Liam— Ulani, en verdad, desde el primer día que vi esos ojos azules como el mar, y como si se tratase del más perfecto ángel que Dios desde el cielo me había enviado, siempre te llevo en mi segunda mente, como tú me enseñaste a decirle al corazón. Por favor, dime la verdad.

—Adelante, hija, dile la verdad, de el porqué no pueden estar juntos –le aconsejó Ymir a Ulani.

—Está bien… Está bien, es porque soy mayor que tú, Liam.

—¿Mayor? Pero si yo tengo 21 años y tú 17.

—Mi aspecto es de 17 años en tu mundo, pero en realidad tengo mucho más,

—Adelante, hermana, dile de una vez por todas —dijo Kauri.

—Sí, dímelo de una vez, ¿Cuántos tienes? ¿22, 23, 24? No importa, igual te amo.

—Liam, tengo 103 años.

—¡¿Qué?! ¡¿103 años? ¡No puede ser! Pero, si pareces una adolescente, pero, y entonces, usted Mahuru, ¿qué edad tiene?.

—Nosotros los kaulanianos, tenemos un promedio de vida de 300 años, que incluso en comparación a las de otras civilizaciones ubicadas en nuestro cuadrante, algunas de ellas llegan a rebasarnos con longevidades de 600 y hasta 900 años. Es por esa razón, hijo, que no podemos establecer una relación marital con otras formas de vida, ejemplo la tuya con la de mi hija, ya que a causa de nuestro prolongado promedio de vida, frente al que ustedes los humanos pueden acceder, su relación solo los llevaría a un terrible sufrimiento —argumentó Mahuru, ante las insistencias de Ulani y la sorpresa de Liam.

—Pero... madre, suficiente, por favor... —dijo una sollozante Ulani.

—Está bien, entiendo... Pero no por eso voy a dejar de venir a visitarte. Podemos ser amigos... —contestó Liam resignado.

—Por supuesto que sí, usted siempre será bien recibido por nosotros, oficial Liam. Pero recuerde, no puede tener una relación con Ulani, si en verdad la ama como usted dice, no la exponga —recalcó Mahuru.

—Liam, por favor, disculpa —dijo Ulani.

—Ahora, por favor, déjenos, oficial Liam, necesito hablar en privado con mi familia —pidió Ymir al joven Liam.

De pronto, un cabizbajo Liam, después de fijar por última vez sus ojos en los de Ulani, resignado, volteó la cara hacia la puerta para después marcharse. En ese preciso momento, entra a través de la puerta principal un presuroso comandante Atiú, quien alcanza a saludar con un leve gesto a Liam, y se dirige a hablar con su tripulación.

—Perdón, Mahuru, ¿pasa algo malo? Es que me pareció ver salir muy angustiado, a ese oficial, amigo de tus hijos —preguntó Atiú.

—No, Comandante, todo está bien, solo fue un pequeño mal entendido. Dígame, ¿tiene algún reporte de parte del mando kaulaniano? —preguntó Ymir.

—Negativo, oficial, y eso es lo que más me preocupa, sobre todo ahora que no tendré acceso a la superficie, ya que me descendieron el nivel de seguridad. Todavía, la última vez que se me permitió salir, mientras estábamos haciendo ensayos con ojivas nucleares en el desierto, mi SkinPhone logró captar una leve señal proveniente del laboratorio de nuestro colega Fautabe. Ahora solo estamos a expensas de lo que decida el mando kaulaniano en referencia al saludo diplomático enviado por los humanos y que ojalá, por los dioses de nuestros ancestros, sus dos amigos, Fautabe y su mentor, el General Iorangi, hayan recibido y detengan cualquier intención bélica por parte del comando central —comentó Atiú, consternado ante las condiciones en las que se encontraba él y el resto de la tripulación.

—Justamente de eso quería hablar con todos ustedes, respecto a nuestra situación —señaló Ymir—, en lo personal, creo que estos humanos, están muy temerosos a causa de la amenaza que representa el reseteo a distancia de la nave, porque a pesar de haber terminado recientemente una guerra mundial, y haber empezado otra contra la Unión Soviética, e incluso creerse los más poderosos del universo, bueno, eso hasta que nos conocieron, entonces se sintieron gravemente amenazados por nuestra tecnología, que es por mucho, superior a la de ellos.

—Está bien, oficial, pero eso al menos yo y la primer oficial Mahuru ya lo sabemos, pero cuéntanos ¿qué es lo que más te agobia? —cuestionó Atiú a Ymir.

—Sí padre, el comandante Atiú tiene razón, dinos por favor, realmente ¿en qué situación nos encontramos? —Preguntó Ulani preocupada.

—Bueno, lo que me preocupa... —respondió Ymir, al mismo tiempo que desactivaba el traductor universal de su SkinPhone, para configurarlo en kaulaniano—, lo siento, sé que se nos ha prohibido comunicarnos en nuestro idioma, pero en estos instantes eso no importa. Como les decía anteriormente, el General Ramey y ese jefe de defensa, que incluso se desvaneció cuando Mahuru le informó sobre la catástrofe que provocaría la explosión de nuestra nave, por lo visto se encuentran muy afligidos. En cuanto a ese al que ellos llaman presidente de los Estados Unidos, sin duda resolverá el evacuar toda esta región, incluyéndonos a nosotros, para llevarnos de vuelta a Roswell. En lo personal, creo sin duda alguna, que el mando central militar kaulaniano decidirá eliminar la nave y cualquier vestigio cerca de ella.

— ¿Estás seguro de lo que dices, Ymir? ¿A pesar del mensaje diplomático enviado esta mañana? —Preguntó Mahuru preocupada.

—Así es, Mahuru, además, en el cuartel general, se darán cuenta que nos obligaron a enviar la señal, lo que sin duda tomarán como un falso mensaje de paz y decidirán resetear la nave a distancia. A pesar de que el General Iorangi sea nuestro amigo y miembro del consejo mundial, se verá obligado a votar en favor de la destrucción de la nave. Lo único que podemos hacer es esperar la notificación de la cuenta regresiva, que nos llegará directamente a nuestros SkinPhone, menos 05 horas terrestres antes de la explosión. Por lo tanto, Kauri, Ulani, hijos, debemos estar atentos, lo mismo tú Mahuru, al igual que usted, comandante Atiú —concluyó Ymir.

—Esta vez estoy de acuerdo con usted, segundo oficial Ymir. Lo que más me inquieta es nuestra situación, porque podría suceder que en Washington no aprueben la evacuación, debido a su actual conflicto con la Unión Soviética. —Continuó Atiú—, además, últimamente el General Ramey, curiosamente ha mostrado inconformidad por el hermetismo con el que se está llevando esta situación en Washington. Precisamente esta mañana, mientras despedía al secretario de defensa, en dos oportunidades, el secretario ignoró la opinión del presidente, como si se le estuviera ocultando información a este.

—¿Quiere decir usted, Comandante, que el secretario de defensa, junto a su mando militar le están ocultando nuestra existencia a su propio jefe?, eso es absolutamente grave, sobre todo para nuestra seguridad —aseveró Ymir.

Mientras, continuaban en una de las habitaciones ubicada en el subsuelo de la base, Ymir junto al resto de la tripulación kaulaniana.

CAPÍTULO 28
LA RESOLUCIÓN FINAL

Al día siguiente en Washington, ya en la casa blanca, el secretario de defensa James Forrestal, acompañado por dos de sus ayudantes, ingresaba por uno de los pasillos del ala este en dirección a la habitación azul, donde supuestamente se reuniría con el presidente H. Truman y el alto mando militar. De pronto, súbitamente de una de las habitaciones apareció una sargento de la fuerza aérea escoltada por dos oficiales.

—Buenos días, señor secretario, soy la sargento Miller. He sido asignada para conducirlo a la reunión con el alto mando militar. Ya lo están esperando.

—¡¿Creí que hoy me iba a reunir con el presidente y el alto mando militar?! —preguntó el secretario.

—No tengo esa información, por el momento mis órdenes son solo de llevarlo. Por acá, por favor, tenemos una unidad esperándolo —insiste Miller.

—Esta bien, seguramente por motivos de seguridad, la reunión será en otro lugar. Por favor, vámonos de prisa, que me urge estar en esa reunión —asimiló el secretario de defensa.

Mientras salían por uno de los pasillos del edificio del ala este, el secretario Forrestal, era acompañado de sus dos ayudantes, de la sargento Miller y dos de sus guardias. Un elegante automóvil de color gris, con placas militares, dos jeep y dos motos de la policía militar que fungían de escoltas, los esperaban en el estacionamiento de la casa blanca.

—Dígame Miller, ¿así se apellida verdad, sargento?, ¿donde se efectuará la reunión? —Continuó preguntando el secretario.

—Afirmativo ese es mi apellido, Miller, señor. En el 3er piso del pentágono, hacia allá nos dirigimos —respondió la sargento Miller.

—Ok, adelante entonces.

Más tarde, por la entrada principal, hacía su arribo el convoy del secretario de defensa de los EEUU al imponente edificio en forma de pentágono, esta vez fuertemente escoltado, como si se estuviera en plena guerra.

—Por acá, señor secretario, sígame, por favor. En la sala número 13, lo están esperando.

A través de uno de los pasillos vagamente iluminados, Forrestal acompañado de Miller, caminaban hacia el umbral donde se encontraban dos guardias fuertemente armados, al acercarse a ellos, uno de los guardias empuja la enorme puerta blindada que daba acceso a una sala, donde yacían sentados en una gigantesca mesa redonda, 3 generales junto a 4 civiles.

—Bienvenido al pentágono, señor secretario —dijo el General Brown, al mismo tiempo que él y el resto de los presentes se ponían de pie, mientras el guardia y la sargento Miller salían de la sala.

—Muchas gracias por el recibimiento, General Brown. Supongo que esta vez sí esperaremos al presidente para finalmente darle a conocer la situación —contestó Forrestal.

—Negativo, señor secretario, continuaremos con lo ya acordado —dijo Brown.

—Pero, General, como le comenté por teléfono, la explosión es un hecho y de eso el presidente debería estar enterado, para que se diseñe un plan de evacuación, no solo de civiles, sino también militar —aseveró el secretario.

—Escuche bien, herr secretario, como le comentamos en nuestra última reunión, ningún civil fuera de esta sala debe estar enterado de la existencia de esa nave y sus tripulantes, para eso debemos tomar todas las precauciones necesarias, para callar cualquier clase de información filtrada —respondió herr Lehman, uno de los civiles, con un ligero acento alemán.

—Pero esta vez la situación es diferente, señores, porque ya no estamos hablando de una posible amenaza de invasión extraterrestre, sino de una explosión equivalente a 20 bombas atómicas, que afectará a tres estados de nuestra nación; por lo que insisto, debemos informar de esto al presidente, para que advierta al Kremlin y no por esta explosión, esos bastardos quieran comenzar una tercera guerra mundial. Además ¿por qué debo estar dándole explicaciones a usted, señor Lehman y a sus amigos miembros de su secta? —reclamó el secretario Forrestal, ante el entrometimiento del civil.

—Illuminati, herr secretario, Illuminati, así se llama nuestra orden, y cuidado con sus palabras, recuerde, no somos una vulgar secta como usted dice, herr secretario. Nuestra orden data desde 1700 y es desde aquella época que hemos velado por una sociedad, un orden mundial en pro del capitalismo y el poder. —Prosiguió Lehman, y si eso implica el tener que intervenir contra una amenaza externa que ponga en riesgo, en este caso nuestro liderazgo y poder mundial en el universo, con mayor razón lo haremos.

—¡Ya basta señores, controlen sus egos! Por el momento manejaremos la situación de la siguiente forma, como dice usted secretario, le informaremos al presidente de la inminente explosión, pero lo manejaremos como si fuera un accidente interno en el arsenal nuclear, lo que forzará a Washington a planificar una evacuación total de los civiles que se puedan ver afectados, a causa de la onda expansiva. De igual manera, seguiremos las recomendaciones de la Orden, encabezada por el señor Lehman, que es de neutralizar cualquier tipo de filtración que ponga en peligro la información que se comparta a la opinión pública, así mismo hacia altos miembros del ejército y de la fuerza aérea emplazados en la base de nombre clave Área 51 —ordenó el General Brown.

—Está bien, no estoy del todo de acuerdo con la decisión de mentirle al presidente, pero si es lo que la mayoría a acordado, prosigan. Nada más que me queda una duda ¿qué pasará con los 5 tripulantes alienígenas? Que seguramente serán evacuados a Roswell ante la explosión —preguntó Forrestal.

—Mi recomendación, herr secretario, es que permanezcan durante la explosión atómica en el Área 51, para que no quede ningún rastro del incidente de Roswell —dijo Lehman.

—O sea ¿ni nave, ni tripulantes? —Preguntó el General Brown.

—Así es, General, ¡nada! —Respondió, Lehman, con una leve sonrisa.

—Pero, ¿qué pasará con su tecnología y los conocimientos de los dos científicos tripulantes? Además, tengo entendido, que incluso uno de ellos estaba a cargo del Departamento de Investigación de Energía Atómica... —cuestionó el secretario Forrestal.

—No se preocupe por eso, herr secretario. Hemos extendido una orden para obtener una copia de los resultados de todas sus investigaciones, para posteriormente vaciar el archivo del comandante Atiú, y por si fuera poco, sus tres ayudantes que lo asistían en el laboratorio, siempre se estuvieron reportando conmigo —concluyó, Lehman.

—Entonces, hemos llegado a un acuerdo. En las próximas horas informaré al presidente y al congreso del accidente en el arsenal atómico, para que se ordene una inmediata evacuación. Sumado a lo anterior, es urgente hablar con mi asistente personal, la Mayor Lucille Vázquez, a quien tengo asignada como asistente personal del Mayor Marcel con un grado de Teniente, para que se traslade a las instalaciones de la base aérea de Roswell, acompañada del Mayor Marcel. Por lo pronto, me despido señores. Que pasen un buen día —se despidió el secretario Forrestal, apoyándose en los brazos de su asiento para ponerse de pie y marcharse.

CAPÍTULO 29
LA EVACUACIÓN

Al día siguiente en Washington, el secretario de defensa de los Estados Unidos, James Forrestal, le comunicaba al presidente Harry S. Truman y algunos congresistas, de la inminente explosión atómica que podría suscitarse por causa de una mala maniobra efectuada en los laboratorios que albergan parte del arsenal nuclear, ubicado en una base secreta al sur de Nevada.

Debido a lo anterior, el alto mando de la seguridad nacional, ordenó la inmediata evacuación de 157 mil habitantes, entre civiles y militares de todo el sur de Nevada, así como parte de los estados de Utah, California y el norte de Arizona. Unos 20 minutos después de la orden impartida por Washington, en la base aérea de nombre clave Área 51, el General Ramey recibía la inesperada noticia, junto a su jefe de seguridad, el Mayor Anderson, Marcel y a quien hasta entonces era su asistente personal, la Teniente Vázquez.

—Reportándonos, señor. Me acaban de informar que de inmediato, la Teniente Vázquez, el Mayor Marcel y yo, nos presentáramos aquí en su oficina con usted —exclamó Anderson, con un saludo marcial.

—Señores, descansen. Mayor Anderson, tenemos órdenes

de Washington con instrucciones de una inmediata evacuación de todo el personal militar y civil de la base, hacia las instalaciones de la base aérea en Roswell. Así mismo, el traslado de todos los prototipos de aviones que se encuentran en desarrollo en hangares subterráneos. De igual manera, le ordenan a usted, Mayor Vázquez, porque tengo entendido que ese es su verdadero grado —dijo el General exaltado.

—Afirmativo General, ese es mi verdadero grado, pero por favor, continúe con las órdenes de mi jefe inmediato, el secretario de defensa —respondió la ahora Mayor Vázquez.

—Mayor, le ordenan trasladarse y presentarse el día de mañana a las 700 horas en las instalaciones de la base aérea de Roswell, para reportar a Washington la llegada de todo el personal militar y civil a esa base.

—Entendido, General —dijo la Mayor Vázquez.

—Y las órdenes para usted, Mayor Marcel, son de acompañar a la Mayor Vázquez, a las instalaciones de la base aérea en Roswell en la espera de nuevas órdenes. Además, les comunico señores, que esta operación llevará por nombre clave, operación "Orden 63", emitida directamente de Washington, la cual señala que para la sociedad civil, la evacuación se efectuará a causa de la amenaza de una explosión atómica, que podría suceder en un laboratorio que alberga parte del arsenal nuclear, ubicado en nuestra base —señaló el General Ramey.

—Disculpe, General, pero ¿qué pasará con la tripulación kaulaniana? Supongo que vendrán de regreso conmigo a Roswell —preguntó Marcel.

—General Ramey, Mayor Marcel, Anderson, —interrumpió la Mayor Vázquez—, justamente de eso quería comentarles y expresarles extraoficialmente mi inconformidad, por las órdenes que recibí esta mañana, extraña y directamente del pentágono, las cuales me ordenan dejar confinados en sus aposentos a Ymir, su familia y al comandante Atiú, durante la explosión de la nave. Esto según ellos, firmado y autorizado por el secretario Forrestal y el presidente. Dicen que el motivo es por seguridad nacional —dijo la Mayor Vázquez.

—¡Pero se volvieron locos! Yo en lo personal los conozco desde que pisaron la tierra, y les aseguro que son completamente inofensivos, no entiendo por qué no los dejan vivir, quizás sean un poco excéntricos para nuestra sociedad, pero es obvio, vienen de una civilización la cual nos rebasa por más de 350 mil años, por lo que nos faltaría muchísimo por aprender de ellos —reclamó el Mayor Marcel, muy preocupado.

—Señores, yo al igual que ustedes, no veo, ni encuentro la necesidad de deshacernos de estos kaulanianos, es más, en lo personal, nunca me cayeron bien esos alienígenas, pero, no sé… Hay algo que no cuadra, por ejemplo, el mensaje diplomático enviado, estoy seguro de que no lo escribió el presidente, tal como se lo afirmó a usted Vázquez, el secretario. Además, estoy seguro de que la orden de deshacerse de Atiú y su tripulación, no vino del presidente, sino del mismísimo secretario Forrestal, y un grupo poderoso y excéntrico de civiles, en el que se rumora que tienen metidas las manos altos jerarcas masones, liderados por un alemán de élite, de la Orden de los Illuminati —acusó Ramey.

—¿Illuminatis? ¡Qué raro!, me pregunto qué diablos hacen ellos inmiscuidos en Washington —dijo Marcel.

—Eso, Mayor, por lo visto ya lo contestó el General Ramey, tal parece que incluso yo fui engañada, ya que en innumerables ocasiones, desde el incidente allá en Roswell, vi con mis propios ojos varias reuniones que se celebraban a puerta cerrada entre el secretario, unos extraños civiles de aspecto extranjero, encabezados por un alemán de apellido

Lehman, y Generales pertenecientes al alto mando aéreo y militar, dirigidos por el General Brown —respondió tajantemente la Mayor Vázquez.

—Pero ¿entonces qué haremos con mis amigos?, ¿acaso los dejaremos morir en la mega explosión? Necesitamos hacer un plan para salvarlos —preguntó un exaltado Marcel.

—Pero hombre, ¿has perdido la razón?, ¿de qué plan hablas? Somos el ejército de los Estados Unidos, debemos cumplir las órdenes de mi General Brown. Disculpe usted, General Ramey, pero veo que estos mal llamados oficiales, han sido mala influencia para usted. Y disculpe, señor, pero si no acata las órdenes, yo como jefe de seguridad de la base, tendré que reportarlo al alto mando. Además, me han llegado órdenes explícitas de mi General Brown, firmadas por el secretario y el señor presidente de los Estados Unidos, de encargarme personalmente de dejar encerrados a esos alienígenas, para ser eliminados de una vez por todas, en la explosión de su propia nave —amenazó Anderson.

—¡Alto! Quizás nos estamos adelantando a los hechos, y seguramente el saludo enviado al planeta de tus amigos, el alto mando militar kaulaniano lo tome a bien, enviando una cápsula para el rescate de Ymir y su tripulación, resultando todo en paz —concluyó Vázquez, mirando fijamente a su colega el Mayor Marcel.

—Gracias, Lucille, agradezco tus palabras de aliento, pero la verdad, anoche hablando con mis amigos, me dijeron que ellos sabían que el reseteo de la nave es inevitable. Y debido a la eventual explosión, solo estaban a la espera de su evacuación hacia un lugar seguro —respondió Marcel.

—Lo siento por tus amigos, Mayor, sé que los aprecias —dijo Vázquez.

—Concuerdo con la Mayor, mi estimado Marcel —respondió el General Ramey.

—Así es, pero órdenes son órdenes. Ahora me retiro, debo cumplir con mi labor —concluyó Anderson.

Mientras se despedía el Mayor Anderson, para coordinar la evacuación de todo el arsenal bélico en desarrollo dentro de los subterráneos de la base, y llevar a cabo las órdenes de la marioneta de Lehman, el inhumano General Brown. Muy lejos del mundo azul, apodado así por los kaulanianos, en el planeta de origen de Ymir, acababa de llegar una segunda señal, pero ahora como un saludo.

CAPÍTULO 30
DE VUELTA A CASA

A miles de kilómetros de la tierra, en Kaula, el hermoso planeta de Ymir y su familia, en el cuartel general, se encontraba en su despacho el General Iorangi, cuando inesperadamente, su asistente sorpresivamente, entra sin anunciarse.

—Señor, disculpe usted mi interrupción.

—Dime, Pounamu, ¿qué es lo que pasa? —Contestó el General Iorangi.

—Señor, el comando a cargo de la vigilancia espacial, acaba de enviar un reporte con copia al consejo militar mundial kaulaniano, en el que avisan de la recepción de dos señales, una de auxilio y otra de interés diplomático, proveniente del cuadrante A13-H22, con registro número 23-PTE. Señor, creo que estamos en problemas.

—Sí, por lo visto, nuestros amigos del comando, ya no pudieron contener los mensajes enviados por Ymir y su familia.

—Pero, señor, seguramente en estos momentos, incluso ya deben saber del robo de la nave, y seguramente ya ha de venir en camino un emisario, para cuestionarle sobre su posible encubrimiento, dado que en los registros figura como mentor del segundo oficial científico Ymir.

—Sí, tienes razón Pounamu, seguramente me intentarán involucrar, pero en si, el robo de la nave no centra mi atención, porque se hizo con fines científicos de probar el sistema NGWA, que Ymir y Fautabe estaban desarrollando, lo que realmente sí me preocupa, es que se acaban de enterar por medio de la señal, que la nave accidentada y seguramente ahora cautiva, no se encuentra en Mundo Paraíso según lo reportado en los primeros registros de ubicación de la nave, sino en un primitivo mundo ubicado en el cuadrante A13-H22. —Continuó el General Iorangi—, el problema que entraña esta situación, Pounamu, es la inminente destrucción vía remota de la pequeña nave y de su tripulación.

—Pero General, tengo entendido que usted y el científico Fautabe, compañero de Ymir, tenían un plan para traerlos de regreso.

—Tienes razón, Pounamu. Comunícame de inmediato con él.

—Un momento, General, ahora mismo lo comunico.

Mientras el preocupado General, observaba por una de las ventanas del edificio, esperando hablar con Fautabe, este último se encontraba al otro lado de la imponente ciudad, trabajando en su laboratorio junto a sus dos ayudantes, quien venía de concluir en el simulador, una última prueba de salto cuántico al pasado. Cuando en un momento, se activó su SkinPhone.

—Adelante, Pounamu.

—Oficial Fautabe, tiene una llamada de emergencia con el General Iorangi, lo conecto —respondió Pounamu.

—Adelante, General lo escucho.

—Amigo mío, te saludo y te comunico que el comando militar kaulaniano, se acaba de enterar del destino de nuestros amigos, y seguramente procederán en las siguientes horas a la inminente destrucción vía remota de la nave, según lo estipula el artículo 1371 de la Salvaguarda tecnológica.

—Me imaginé lo que iban a hacer después de enterarse del incidente de mi amigo. ¡Vaya! Malditos Generales burócratas. Perdón, señor, no lo decía por usted. Pero en fin, le tengo buenas noticias, General, creo que ya tengo la forma para salvar a nuestros amigos; es más, cuando los traiga de vuelta, ni se acordarán del calvario que seguramente tuvieron que pasar en ese horrendo planeta, y eso señor, me tiene muy contento, porque por fin podré salvar a Ymir, Mahuru y los niños.

—Bueno, igualmente a su colega el comandante Atiú. Recuerde que él también es parte de esa tripulación —Respondió el General Iorangi, con una leve sonrisa.

—Sí, claro, seguramente se fue de polizón para espiar y sacar ventaja a nuestra tecnología —contestó un Fautabe receloso, del espionaje del Comandante Atiú.

—Está bien, pero Atiú, dime la verdad, en las últimas pruebas de viajes hacia el pasado en el simulador, ¿logró que regresara materia orgánica viva, a bordo de la cápsula del tiempo? —Preguntó Iorangi.

—Por supuesto que sí, General, mire, voy a viajar al pasado por medio de un salto cuántico en un reducido tiempo, visitaré a mi amigo y lo traeré sano y salvo.

Al mismo tiempo que el General Iorangi, continuaba conversando vía SkinPhone con Fautabe, sobre la posibilidad de traer a Ymir con toda la tripulación de vuelta a casa; un emisario procedente del consejo mundial al que pertenecía el General Iorangi, visitaba el cuartel del General.

—Te saludo, emisario, mi nombre es Pounamu, asistente del General Iorangi. Adelante, por favor, estábamos a espera de su llegada.

—Igualmente te saludo, Pounamu, vengo a reunirme con el General.

—El General en este momento está en una llamada, al terminar con gusto lo atenderá —contestó Pounamu.

—Pero me urge hablar con él ahora, ya que el motivo de mi visita, es de carácter urgente —exclamó el emisario.

En ese momento, se abrieron las 2 enormes puertas, que separaban la antesala donde se encontraba la asistente del General y la oficina de este.

—Señor emisario, bienvenido, dígame usted ¿qué lo trae por acá? —Saludó el General.

—Gracias por su bienvenida, General. Pero preferiría que nos centráramos en lo verdaderamente importante, que es el extravío de una nave militar de caza tipo koriri, del hangar número 12, mismo que justamente está a su cargo. Además, tengo entendido que un pseudo científico protegido suyo, Ymir de la casa de Yanay, realizaba pruebas de un supuesto invento autorizado por usted, que potenciaría la velocidad de nuestras naves, con la ayuda de un dispositivo de nombre NGWA —reclamó el emisario.

—Así es, señor emisario, afirmativo, como usted afirma el segundo oficial Ymir, sí instaló el dispositivo NGWA en una de las pequeñas naves, y para continuar con la prueba, tuvo que hacer un salto cuántico con ayuda del híper impulsor en dirección a la constelación Borealis, pero no fue un robo, ya que fui yo, quien personalmente le dio la autorización para sacarla al espacio exterior. El problema es que perdimos comunicación con él y la nave momentos después de hacer explosión la supernova —continuó el General—, pero por favor, tome asiento.

—Gracias General, prefiero estar de pie. Por otra parte, si usted dice que lo autorizó para hacer una prueba de un impulsor que nos beneficiará a futuro, le creo, el problema es que por lo visto, a causa de la onda expansiva de la explosión de la supernova, la nave y su tripulante cayeron en lo

que parece ser un mundo primitivo, ubicado en el cuadrante A13-H22, del que se recibieron 2 señales, una primera de
auxilio y posteriormente otra de tipo diplomático; dando a
entender que una nave de nuestra flotilla se encuentra averiada, y está en manos de un ejército primitivo, por lo que el
consejo mundial kaulaniano, acaba de autorizar por unani-
midad, la aplicación del artículo 1371, el cual señala el inmediato reseteo a distancia de nuestra nave, y así evitar el plagio
de nuestra tecnología tanto bélica como técnica.

—Pero señor emisario, ¿no cree que están exagerando?, si
la intención de estos alienígenas, es de apoderarse de nuestra tecnología y nuestras armas, ¿cree que puedan entender-
la si es un mundo primitivo? Además, está en juego la vida
de uno de los mejores científicos kaulanianos que ha dado
la academia del saber.

—Con mayor razón, si usted afirma que Ymir es un excelente científico, debemos eliminar la nave y su tripulación;
—prosiguió el emisario—, lo siento General, sabemos de
la relación entre su casa y la casa de Yanay, pero en estas
circunstancias usted como militar sabe perfectamente que las
órdenes se deben cumplir; es más, justamente en este preciso
momento, del comando militar central, me acaba de llegar
a mi SkinPhone la activación de la cuenta regresiva para el
detonado de la nave, el cual concluirá en menos 5 paxel. Lo
lamento General —concluyó el emisario.

Mientras el emisario, levantaba su mano izquierda para
mostrarle el conteo regresivo, que aparecía en unos indescriptibles números rojos sobre un fondo negro, en los ojos de
un Iorangi cabizbajo, unas lágrimas se afloraban. Al mismo
tiempo que Fautabe en su laboratorio recibía la mala noticia,
riguroso se apresuraba para entrar en la cápsula y preparar-
se para dar lo que sería la última oportunidad de ver a sus
amigos con vida.

CAPÍTULO 31
LA EXPLOSIÓN

Paralelamente en el planeta azul, Ymir, Mahuru, y el resto de la tripulación, recibían en sus SkinPhone un escalofriante conteo regresivo, todo esto, encerrados dentro de sus aposentos en el subterráneo, bajo una base completamente desierta, la cual hace 3 días había sido evacuada, conjuntamente con los habitantes de la región.

—¡Padre, madre! ¿Les llegó a ustedes lo que a mí me acaba de llegar? —Preguntó Ulani.

—¿A qué te refieres hija?, preguntó Ymir.

—A este reloj, padre —dijo Ulani exaltada.

—¡Oh, no! Por nuestros ancestros, ¿pero por qué lo acaban de activar ahora? —dijo Ymir, mientras miraba exaltado a los ojos de Mahuru inundados de lágrimas.

—Creo que es un conteo regresivo, padre, debemos despertar a Kauri, ¡él seguramente sabrá como desactivarlo! —Contestó Ulani.

—Por el momento, hija de mi ser, dejaremos a tu hermano descansar —dijo Mahuru en un tono bajo.

—Pero, padre, ¿a qué te refieres con eso de activar?, si es eso, mi hermano Kauri, insisto, seguramente lo desactivará —reafirmó Ulani.

—Tranquila, Ulani, ven acércate —dijo Mahuru—, sabes, no te había dicho, pero ya estás convirtiéndote en una hermosa mujer, abrasémonos y unamos nuestra frente —con lágrimas en sus ojos, Mahuru abrazó a su hija.

—Como los abrazos, madre, que nos dábamos en Kaula, cada vez que llegábamos de la academia del saber —asimiló Ulani.

Mientras Mahuru y su hija Ulani, unían sus frentes acompañando esto de un afectuoso abrazo, el conteo regresivo en sus SkinPhone, les anunciaba menos 3 paxel para la mega explosión. Desde la habitación continua, en la que los hombres de Anderson habían dejado encerrado, a quien por mucho tiempo fue su aliado, el Comandante Atiú, se escuchaba en un sollozante idioma kaulaniano.

—¡Ymir, Ymir! ¿Te encuentras ahí? ¡Por favor, contesta!, soy yo Atiú.

—¡Pero Comandante, pensé que a usted lo habían evacuado con el resto del personal de la base! Hacia Roswell.

—No Ymir, tal parece no eran quienes yo creía, y Anderson, seguramente enviado por ese maldito Ramey, ordenó dejarme encerrado.

—Shh, silencio, no grites tan alto, vas a despertar a Kauri, mejor activa tu SkinPhone, porque acaban de activar el conteo regresivo para la detonación, desde el comando militar kaulaniano —contestó Ymir exaltado.

—¡Oh, no! Estos malditos adelantaron la explosión. ¿Pero qué vamos a hacer ahora? ¡Haz algo, Ymir, por favor haz algo! —Exclamó Atiú.

—Silencio, Comandante, le ruego que se tranquilice. Todavía nos quedan dos paxel de vida, o como los humanos les dicen, dos minutos de vida, ahora, trate de reconciliarse consigo mismo, recuerde las enseñanzas de nuestros ancestros para bien recibir el sueño eterno —contestó Ymir resignado.

—Sabes Ymir, pensé que nunca iba a decir esto, pero ya que estamos a punto de morir, en este momento daría lo que fuera, por estar junto a ustedes uniendo nuestras frentes para recibir la explosión —dijo un Atiú desolado.

Cuando en el SkinPhone de Ulani, ubicado en su brazo izquierdo, el conteo regresivo llegaba a su fin, Ymir, Mahuru, y Ulani, procedían a abrazarse uniendo sus frentes, mientras Kauri continuaba durmiendo, sin percatarse del triste escenario que vivían sus padres y su hermana. Aun lado, en la habitación continua, un resignado Atiú, de rodillas en señal de arrepentimiento, esperaba el final. De pronto, en el subsuelo número 6, el tablero central de la nave kaulaniana, registraba en el conteo regresivo menos un sygnu, seguido de una intensa luz blanca que deslumbraba todo alrededor de la nave, y después de unos segundos en los que todo yacía en silencio, explotara en forma de un enorme y gigantesco hongo, como si fueran las entrañas del mismo infierno, provocando una estruendosa onda expansiva, que sacudía todo el sur del estado de Nevada y parte de la región de los estados vecinos.

CAPÍTULO 32
EL FINAL DEL PRINCIPIO

En paralelo a la mega explosión, ocurrida en el subterráneo de la base que hasta entonces, era conocida como Área 51, en la cual habían perecido Ymir, su familia y su colega el comandante Atiú, a causa de la explosión a distancia, detonada desde el mando central militar kaulaniano, en el laboratorio, Fautabe accionaba los controles de inicio, mientras sus ayudantes Nyree y Ruihi, terminaban de programar las coordenadas del increíble salto cuántico, que pondría en retroceso la cápsula, la cual llevaría a Fautabe al pasado, para tratar de resarcir el presente.

—Señor, estamos listos para activar el salto cuántico en dirección a la Constelación Borealis, destino: Mundo Paraíso, cuadrante 08, en menos 3 sygnus, año 65342, exactamente a 30 metros de donde aterrizo la nave su colega Ymir —notificó Nyree a Fautabe.

—Adelante, estamos listos. Prosigan con el despegue de la cápsula —respondió Fautabe.

—Despegue exactamente en menos 10 sygnus. 9, 8, 7, 6, 5, 4, 3, 2 … Despegue —anunció Ruihi.

En ese momento, la cápsula piloteada por Fautabe, salía hacia el pasado, a través de un agujero de gusano en dirección a Mundo Paraíso. Después de 2 minutos de viaje, se accionó la mecánica del tren de aterrizaje de la pequeña cápsula, posándose a un costado de la playa del exótico planeta, donde Fautabe, después de descender por la escotilla, se dirigió sigilosamente caminando entre las doradas arenas y los imponentes parajes, que hacían honor a su nombre, Mundo Paraíso.

Mientras Ymir, se encontraba caminando a orillas de la playa, contemplando de lejos a Mahuru, Kauri y Ulani divirtiéndose con lo que parecía ser una hermosa ave tropical, no se percataba de los emocionados ojos de su amigo Fautabe al verlos bien, nuevamente.

—Ymir, Ymir...amigo, —dijo Fautabe con voz sigilosa—, soy yo Fautabe, aquí estoy.

—¡Fautabe!¡ ¿Eres tú?!, pero ¿qué haces aquí? —Preguntó Ymir.

—Shh, silencio, no grites. Acércate amigo, por favor.

—Pero ¿Qué pasa? ¿Por qué tanto misterio?

—Escúchame bien, amigo, tengo muy poco tiempo, ya que debo de regresar. Mahuru y los niños no se pueden enterar de este encuentro. Escucha bien lo que te diré. Hoy, antes del atardecer, debes regresar a casa, ya que si no lo haces tu futuro y el de tu familia será incierto.

—Pero ¿a qué te refieres con incierto?

—Eso no te lo puedo explicar ahora, porque se podría suscitar una paradoja —respondió Fautabe.

—Amigo, ¡¿entonces vienes del futuro!?, pero ¡¿cómo lo lograste?! ¡Te felicito!

—Sí, vengo del futuro —Respondió Fautabe acercando su frente con la de Ymir, y concluyó—, cuídate, amigo.

Enseguida, después de haber advertido a su mejor amigo, Fautabe se alejó corriendo en dirección de la cápsula que lo había traído al encuentro con sus amigos. Mientras Atiú, observaba sin entender lo que pasaba, a través de una de las escotillas desde el interior de la nave, donde se encontraba oculto.

Después de llevar a cabo las recomendaciones de mi gran amigo Fautabe, fue entonces que decidí volver a casa junto a mi amada Mahuru y mis dos queridos hijos, los cuales nunca se enteraron del verdadero motivo por el cual regresábamos a casa, un día antes. Esto por supuesto sin percatarnos hasta ese momento, que, en el interior de las bodegas de carga de la nave, llevábamos de regreso a un peculiar polizonte.

Una vez en Kaula, después de enterarme del sacrificio, que había hecho mi amigo Fautabe, para salvar nuestras vidas y ahora ambos ser reconocidos por nuestro nuevo invento, por supuesto, que por la academia de ciencias de las milicias kaulanianas, ya que, además, lo habíamos logrado, antes de los 10 amaneceres exigidos por el consejo mundial.

Dos semanas después, en una hermosa mañana cuando me encontraba en casa, recibí la visita de mi mentor, el General Iorangi.

—Te saludo, General. Bienvenido a nuestro hogar.

—Gracias por la bienvenida, hijo. Solo pasaba a saludarte y tratar de convencerte nuevamente, de que regreses a trabajar con nosotros en la academia. Bueno… también, para hacerte llegar un mensaje que el comandante Fautabe, dejó registrado en mi SkinPhone, para que yo te lo entregara personalmente —dijo el General Iorangi, en una actitud paterna.

—Gracias señor, pero por el momento preferiría pasar más tiempo con mi familia, quizás más adelante, como me lo recomendó Mahuru, lo pensaré. Pero por favor, ahora quisiera ver el mensaje de mi amigo —demandó Ymir.

Fue entonces, cuando el General Iorangi, accionando el modo mensaje en su SkinPhone, entre mucha interferencia, me mostró el sacrificio que había realizado mi amigo.

—*General, por favor, entréguele este mensaje a mi cole-ga. Ymir, querido amigo, estoy a punto de concluir mi salto cuántico de retorno al laboratorio, no sé si lo lograré. Acabo de estar contigo y advertirte de regresar esta tarde y no maña-na, porque de no hacerlo, una vez que vuelvas con tu fami-lia y Atiú, se encontrarían de regreso con la explosión de una supernova, ubicada en la constelación Kahui Whetu que, a causa de su onda expansiva, los arrojaría hacia el cuadrante A13-H22, estrellándose finalmente en un primitivo mundo, al que sus habitantes llaman Tierra, quedándose los 5, ahí cautivos, durante 3 largos años. Lo que pondría en alerta, al alto mando kaulaniano, el cual, decidiría bajo el artícu-lo 1371, la destrucción a distancia de su nave y el abandono de su tripulación en ese primitivo mundo. Pero amigo, si te encuentras viendo este mensaje, entonces nunca pasó nada de lo anterior y finalmente se lograron salvar todos ustedes, por lo que jamás estuvieron en ninguna explosión, ni cayeron en ese primitivo planeta. Espero me perdones por no estar a tu lado el día de la presentación final de nuestro gran invento. Uno mi frente a la de todos ustedes. Fin del mensaje.*